문 너머의
세계들

문 너머의 세계들

새넌 맥과이어 지음 | 이수현 옮김

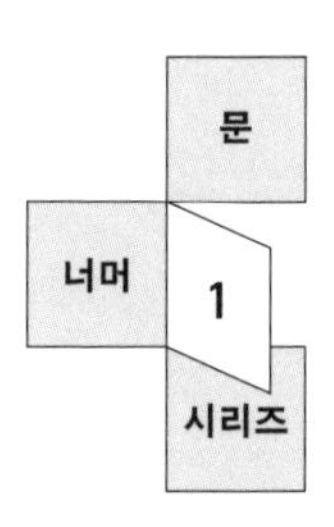

하빌리스

일러두기

1. 본문의 이탤릭체는 원서의 표기를 따른 것입니다.
2. 옮긴이 주와 원어 표기는 작은 괄호를 사용해서 본문과 구별했습니다.

사악한 이들을 위해

차례

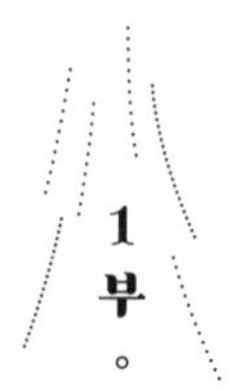

금빛 오후

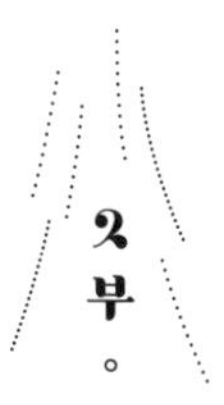

거울상을 비추는 눈으로

1
금빛 오후

소녀가

하나 있었다

입학 상담에 여자애들이 직접 오는 일은 한 번도 없었다. 오직 부모님, 보호자, 혼란에 빠진 형제자매…, 그러니까 그 아이들을 간절히 돕고 싶어 하지만 방법을 모르는 사람들만이 그 자리에 있었다. 입학할 학생들이 그 자리에 같이 앉아서, 세상에서 그들이 제일 사랑하는 ―아니, 적어도 '이' 세상에서는 제일 사랑하는― 사람들이 그들의 기억을 망상으로 여기고, 그들의 경험을 공상으로 취급하고, 그들의 삶을 다루기 힘든 질병으로 치부하는 말을 듣는다면 얼마나 힘들겠는가.

그뿐만이 아니었다. 마치 동화책에서나 존재할 법한 완고한 늙은 고모 같은 머리 모양을 하고 점잖은 회색과 연보라색 옷을 입은 모습의 엘리노어를 처음 접한다면, 아이들이 이 학교를 신뢰하는 데에도 지장이 생길 터였다. 진짜 엘리노어는 전혀 다른 사람이었으니까. 상담 자리에서 엘리노어가 하는 말을 듣는다면 더 나빠질 게 분명했다. 그녀가 그 자리에서 열과 성을 다해 진지하게 이 학교가 길 잃은 어린 양들의 마음에 생긴 문제를 치료하는 데 도움이 될 거라고, '망가진' 아이들을 받아들여 다시 '온전하게' 만들어 줄 수 있다고 설명하는 말을 듣는다면 말이다.

물론 그건 거짓말이었지만, 그녀의 학생이 될 아이들이 그 사실을 알 방법은 없었다. 그래서 엘리노어는 법적인 보호자들과 따로 만날 것을 요구했고, 타고난 사기꾼이나 발휘할 법한 집중력과 기술을 이용해서 그들을 속였다. 혹시라도 문제의 보호자들이 한자리에 모여서 상담 내용을 비교했다면, 엘리노어가 칼날처럼 벼려 낸 대본을 아주 능숙하게 읊었다는 사실을 알아차렸을 것이다.

"이런 장애가 희귀하기는 해도 유일무이하지는 않습니다. 성숙한 여자의 경계선에 막 들어선 어린 소녀들에게 흔히 나타나는 질환이죠." 엘리노어는 최근에 길을 헤매다 온 여자아이를 둔, 절박하고 어쩔 줄 모르는 보호자들과 주의 깊게 눈을 마주치며 그렇게 말하곤 했다. 남자

아이의 부모에게 말해야 하는 드문 경우라면 내용이 달라졌지만, 상황상 필요한 만큼만 변화를 줬다. 그녀는 이 틀에 박힌 과정을 오랫동안 다듬었고, 어른들의 두려움과 바람을 이용하는 방법을 잘 알았다. 엘리노어와 마찬가지로 그들도 책임하에 있는 아이들에게 최선을 다하고 싶어 했다. 다만 그 '최선'의 의미를 전혀 다르게 생각할 뿐이었다.

부모들에게 엘리노어는 이렇게 말했다. "이건 망상이에요. 집에서 한동안 떨어져 지내면 치료에 도움이 될 겁니다."

고모와 이모와 삼촌들에게는 이렇게 말했다. "여러분 잘못이 아닙니다. 제가 해결책이 될 수 있어요."

조부모들에게는 이렇게 말했다. "제가 돕게 해 주세요. 제발, 제가 돕고 싶습니다."

모든 가족이 기숙 학교가 최선의 해결책이라는 데 동의하지는 않았다. 학생이 될 만한 아이들 셋 중에 하나 정도는 엘리노어의 손가락 사이를 빠져나갔고, 그녀는 구할 수도 있었는데 괜히 더 힘들게 살게 된 아이들을 두고 슬퍼했다. 반면에 그녀에게 맡겨진 아이들에 대해선 기빼했다. 엘리노어와 함께 있는 동안만큼은 그들도 자기들을 이해하는 사람과 있게 될 터였다. 혹여 '집'에 돌아갈 기회를 얻지 못한다 해도, 자기들을 이해할 사람이 있고 또래 친구들이 있다는 건 값을 매길 수 없이 귀한 보물이었다.

엘리노어 웨스트는 스스로는 갖지 못했던 것들을 아이들에게 베풀면서 평생을 보냈고, 언젠가는 그 노력의 보상으로 그녀가 원래 있어야 할 곳으로 돌아갈 수 있기를 빌었다.

집을 떠나,

집으로 오다

내레이션을 읊는 습관, 진부하고 흔한 재료로 기적 같은 이야기를 빚어내는 이 습관은 끊기가 힘들었다. 말하는 허수아비나 몸이 사라지는 고양이들과 같이 시간을 보내고 나면 내레이션이 자연스럽게 흘러나오곤 했다. 그것은 나름대로 현실감을 유지하고, 삶이 아무리 이상해진다 하더라도 모든 삶을 관통하는 실같이 가느다란 연속성에 접촉하는 방법이었다. 있을 수 없는 일들을 이야기로 바꿔서 서술하면, 그 일을 통제할 수 있게 된다. 그래서 엘리노어는 이렇게 읊었다.

그 저택은 개인 주택을 둘러싸고 있지 않았다면 들판으로 여겨졌을 법한 땅 한가운데에 놓여 있었다. 풀밭은 완벽한 초록빛이었고, 건물 주위에 모인 나무들은 완벽하게 가지치기가 되어 있었으며, 정원에는 무지개나 장난감 상자에나 존재할 법한 다채로운 색의 풀과 꽃이 자랐다. 가느다란 검은 리본 같은 도로가 멀리 떨어진 정문에서부터 곡선을 그리며 저택 바로 앞까지 한 바퀴 고리를 그리더니, 높은 현관문 아래 조금 넓은 대기 공간에 우아하게 안착했다. 그곳에 요란하게 번쩍이는 노란색 차 한 대가 멈춰 섰는데, 주의 깊게 관리된 풍경에 비하니 어쩐지 싸구려스러웠다. 뒷문이 쾅 닫혔고, 차는 10대 소녀 하나를 뒤에 남긴 채 다시 출발했다.

키가 크고 날씬했으며 열일곱 살이 넘지 않을 소녀였다. 시간이 지나야 완성될 미완의 작품처럼 눈과 입 주위가 아직 덜 다듬어진 티가 났다. 소녀는 검은색 바지에, 자그마한 검은색 단추들이 발가락부터 종아리까지 진군하는 병정처럼 달린 검은색 앵클 부츠를 신었다. 위에는 헐렁한 흰색 탱크탑을 입었고, 가짜 진주 팔찌로 손목을 감쌌다. 온통 검은색과 흰색뿐이었는데, 포니테일로 묶은 머리에는 석류씨 색깔의 리본을 맸다. 새하얀 머리카락에는 대리석 바닥에 엎질러진 석유처럼 까만 머리가 몇 가닥 있었고, 눈동자는 얼음처럼 엷은 색깔이었다. 소녀는 햇빛에 눈살을 찌푸렸다. 보아하니 오랜 시간 태양을 보지 않고 지낸 모양이었다. 바퀴 달린 작은 여행 가방은 진한 분홍색이었고, 만화풍의 데이지꽃이 가득했다. 아무리 봐도 소녀가 직접 산 가방일 리는 없었다.

손 그늘로 눈을 가린 소녀는 저택 쪽을 보더니, 현관 처마에 걸린 간판을 보고 멈칫했다. '방황하는 아이들을 위한 엘리노어 웨스트의 대안 학교'. 큰 글씨로 그렇게 적혀 있었고, 아래에는 좀 더 작은 글씨로 이런 내용이 이어졌다. '청탁 금지, 방문객 금지, 퀘스트 금지'.

소녀는 눈을 깜박이고는, 손을 내렸다. 그리고 천천히 현관 계단으로 다가갔다.

저택의 3층, 엘리노어 웨스트는 커튼을 놓고, 펄럭이는 천이 제자리로 돌아가는 사이에 문 쪽으로 몸을 돌렸다. 엘리노어의 실제 나이는 100세에 가까웠지만, 겉모습은 관리를 잘한 60대 후반 여성처럼 보였다. 예전에 자주 드나들던 땅으로의 여행이 체내 시계를 뒤죽박죽으로 만들어, 시간이 몸을 제대로 장악하지 못한 탓이었다. 어떨 때 엘리노어는 그 긴 수명에 고마움을 느꼈다. 그녀가 바람직한 길에서 벗어나기를 선택하고 그 문들을 열지 않았더라면, 이제껏 만난 이 수많은 아이들을 도와줄 수 없었을 테니 말이다. 그러나 또 어떤 때에는 이 세상이 그녀가 존재한다는 사실을 –그녀가 오랜 세월 동안 살아남은 '어린 반항아 엘리 웨스트'라는 사실을– 알기는 할지, 그리고 혹시 그 사실이 알려진다면 어떤 일이 벌어질지 궁금했다.

어쨌든 아직 그녀의 허리는 튼튼했고, 두 눈은 아버지의 땅에 자란 어느 나무뿌리 사이에서 처음 그 문을 보았던 일곱 살 때와 다름없이 맑았다. 머리카락이 희어지고 피부가 주름살과 기억으로 부드러워졌다 해도, 그건 중요하지 않았다. 아직 엘리노어의 눈가에는 완성되지 않은 부분이 남아 있었다. 아직 끝나지 않았다. 그녀는 에필로그가 아니라 진행 중인 이야기였다. 그리고 새로 도착한 아이를 만나기 위해 계단을 내려가면서 스스로의 삶을 한 단어씩 내레이션으로 읊는다고 해도 누구에게 해가 될 것은 없었다. 내레이션은 끊기 힘든 습관이었다.

때로는 이야기가, 한 사람이 가진 전부이기도 했다.

낸시는 현관 중앙에 얼어붙은 채 서서 가방 손잡이를

꼭 쥐고 주위를 둘러보며 방향을 찾으려 했다. 부모님이 보낸 '특별 학교'에 무엇을 기대했는지 스스로도 잘은 모르겠지만, 적어도 이런… 이런 우아한 시골 저택을 생각하지 않은 것만은 분명했다. 벽에는 장미와 휘감겨 올라가는 클레마티스 덩굴이 찍힌 구식 꽃무늬 벽지를 발랐고, 가구는 –현관 통로에는 일부러 가구를 적게 둔 것 같았지만– 전부 골동품이면서 훌륭한 물건이었다. 반질반질 윤을 낸 나무에 달린 놋쇠 부품들은 길게 구부러진 계단 난간과 잘 어울렸다. 바닥은 벚나무였는데, 턱을 들지 않고 눈만 움직여서 위쪽을 보자 피어나는 꽃 모양의 정교한 샹들리에가 보였다.

"그건 사실 여기 졸업생이 만든 물건이란다." 누군가의 목소리가 말했다. 낸시는 샹들리에에서 시선을 떼어 계단 쪽을 보았다.

계단을 내려오고 있는 여자는 노년의 여성들이 때로 그렇듯이 깡말랐지만, 허리는 곧았고 난간 위에 올린 손도 몸무게를 지탱하는 게 아니라 길잡이로만 쓰는 것 같았다. 반항적인 검은 가닥이 없다는 점만 빼면 낸시와 똑같이 새하얀 머리카락은 파마를 해서 민들레 씨앗처럼 부풀려져 있었다. 충격적인 오렌지색 바지, 무지개색으로 뜬 울 스웨터, 그리고 서로 어울리지 않는 십여 가지 색상의 준보석 목걸이만 아니라면 분명 점잖아 보였을 것이다.

냰시는 최선을 다해서 참았는데도 눈을 크게 뜨고 말았고, 그 사실에 자기혐오를 느꼈다. 갈수록 정지 상태를 잃어 가고 있었다. 이러다가 곧 평범하게 살아 있는 사람처럼 불안정하고 초조하게 굴 테고, 그러면 두 번 다시 '집'으로 돌아가지 못할 것이다.

"사실상 전부 유리나 다름없지. 유리가 아닌 일부만 제외하고 말이야." 여자는 낸시가 노골적으로 쳐다보는 데 아랑곳하지 않고 말을 이었다. "난 저런 걸 어떻게 만드는지 도통 모르겠어. 아마 모래를 녹이는 거겠지. 하지만 중앙에 들어간 저 커다란 눈물 모양의 프리즘들은 내가 준 거란다. 열두 개 모두 내 작품이야. 자랑스러워." 여자는 낸시가 무슨 말을 하리라 기대하는 듯 말을 멈췄다.

낸시는 침을 삼켰다. 요새는 목구멍이 너무 건조했고, 어떻게 해도 깔깔한 느낌이 없어지질 않았다. "유리를 어떻게 만드는지 모른다면, 프리즘은 어떻게 만드셨나요?"

여자는 미소지었다. "물론 내 눈물로 만들었지. 여기에선 언제나 제일 단순한 답이 정답이라고 생각하렴. 대개는 그러니까. 난 엘리노어 웨스트란다. 내 집에 온 걸 환영한다. 네가 분명 낸시겠지."

"네." 낸시는 천천히 말했다. "어떻게…?"

"오늘 오기로 한 학생은 너밖에 없거든. 요새는 학생들이 전처럼 많지가 않아. 문이 전보다 드물어지고 있거나, 아니면 다들 돌아오지 않는 요령이 느나 봐. 자, 잠시만 조용히 널 살펴볼 기회를 주렴." 엘리노어는 마지막 세 계단을 내려가서 낸시 앞에 멈춰서더니, 잠시 동안 골똘히 살펴보다가 천천히 낸시 주위를 한 바퀴 돌았다. "흐음. 키가 크고, 마르고, 아주 창백하구나. 분명히 태양이 없는 곳에 있었겠군…. 하지만 목을 보니 뱀파이어는 없었을 거야. 잭과 질이 널 만나면 아주 기뻐하겠구나. 둘 다 학생들이 여기 몰고 들어오는 햇빛과 다정함에 진력이 나 있으니 말이야."

"뱀파이어요?" 낸시는 멍하니 말했다. "뱀파이어는 진짜가 아니잖아요."

"이 무엇도 *진짜가* 아니란다, 얘야. 이 집도, 이 대화도,

네가 신고 있는 그 신발도, 너도, 나도. 그나저나 그 신발은 네 또래 아이들에게 섞여 들려고 하기에는 유행에 뒤졌고, 최근에 잃은 누군가를 애도하려고 한다기에는 제대로 된 상복이 아니구나. 아무튼 '진짜'라는 말은 욕이나 다름없으니, 내 지붕 아래에 사는 동안에는 최대한 자제해 주면 고맙겠다." 엘리노어는 다시 낸시 앞에서 걸음을 멈췄다. "머리카락을 보니 알겠구나. '언더월드', 아니면 '네더월드'에 있었니? '애프터라이프'는 아니겠지. 그곳에선 아무도 돌아오지 않으니."

낸시는 놀라서 엘리노어를 쳐다보고는, 목소리를 내보려고 애쓰면서 소리 없이 입을 움직였다. 이 나이 많은 여성은 그런 내용을, 잔인하게도 믿기 힘든 그런 내용을 너무나 가볍게 입에 올렸다. 마치 낸시의 백신 접종 기록이라도 물어보듯이 대수롭지 않게 취급했다.

엘리노어의 표정이 변했다. 사과하듯 상냥해졌다. "아, 나 때문에 당황했구나. 안타깝지만 내가 원래 그렇단다. 난 열여섯 살이 되기 전까지 어떤 '난센스' 세계에 여섯 번을 갔는데, 더는 넘어가지 않게 된 후에도 입단속 하는 방법을 배우질 못했어. 여기까지 오느라 피곤할 테고, 또 여기에서 무슨 일이 벌어질지 궁금하겠지. 안 그러니? 네가 어디에 들어맞는지 알게 되면 바로 방으로 안내해 줄 수 있을 거야. 유감이지만 방 배정에는 그런 게 정말로 중요하거든. 경찰에 폭력 사태가 잔뜩 일어난 이유를 설명하고 싶다면 또 모를까, 난센스 여행자를 로직 여행자와 같이 넣을 순 없어요. 지금도 경찰이 여길 한 번씩 확인하긴 한단다. 보통은 다른 데로 시선을 돌릴 수 있지만 말이야. 학교로 계속 인정받으려면 어쩔 수가 없어. 나야 우리가 학교라기보다는 요양원이라고 생각한다만. 아, 난 이 말이 참 좋더라. 안 그러니? '요양원'. 사실은 아무 의미도 없으면서 참 공식적인 느낌이 들거든."

"지금 하시는 말씀을 하나도 못 알아듣겠어요." 낸시가 말했다. 목소리를 냈다는 사실 자체는 뿌듯했지만, 작고 끽끽거리는 소리가 나온 건 부끄러웠다.

엘리노어의 얼굴이 더 상냥해졌다. "더는 가식적으로 굴지 않아도 된단다, 낸시. 난 네가 어떤 일을 겪었는지, 어디에 다녀왔는지 알아. 나도 오래전, 내 여행에서 돌아왔을 때 겪은 바가 있단다. 여긴 거짓말을 하거나, 모든 게 괜찮은 척하지 않아도 되는 곳이야. 우린 모든 것이 전혀 괜찮지 않다는 걸 알거든. 아무 문제도 없었다면 네가 여기 있지도 않겠지. 그래서, 넌 어디로 갔었니?"

"저는 잘…."

"난센스라거나 로직이라는 말은 잊어버리렴. 그런 세세한 부분은 나중에 해결할 수 있어. 이것만 대답하렴. 넌 어디에 갔었지?"

"전 '망자의 전당(Halls of the Dead)'에 갔어요." 그 이름을 큰 소리로 말하자 고통스러울 정도의 안도감이 밀려왔다. 낸시는 다시 모든 움직임을 멈추고, 허공에 정지한 채 흑적색으로 완벽하게 반짝이는 자신의 목소리를 볼 수 있다는 듯이 빈 공간을 응시했다. 그러다가 여전히 깔깔함을 몰아내지 못하고 침을 삼켰다. "그러니까… 저희 집 지하실에서 양동이를 찾다가, 전에 본 적 없는 문을 찾은 거예요. 그 문으로 들어갔더니 석류나무 숲 안이었어요. 전 넘어져서 머리를 부딪쳤나 보다 생각했죠. 전 계속 걸어갔는데 왜냐하면… 왜냐하면…."

왜냐하면 공기에서 너무나 달콤한 냄새가 났고, 하늘은 검은색 벨벳이었으며, 깜박이거나 흔들림이 하나도 없이 차갑게 불타는 다이아몬드 같은 별빛이 점점이 흩어져 있었기 때문이다. 풀밭은 이슬에 젖어 촉촉했고, 나무마다 과일이 주렁주렁 달려 있었기 때문이다. 낸시가 그 나무들 사이로 길게 뻗은 길 끝에 무엇이 있는지 알고 싶었기 때문이고, 모든 것을 이해하기 전에는 돌아가고 싶지 않았기 때문이다. 평생 처음으로 집에 가고 있다는 기분이 들었기 때문이다. 그 기분만으로도 발을 움직일 수 있었다. 처음에는 천천히, 그러다가 빨리, 더 빨리, 어느새 낸시는 청명한 밤공기 속을 달리고 있었다. 다른 건 아무것도 중요하지 않았다. 그때는 그렇게 생각했다….

"그곳에 얼마나 오래 있었니?"

무의미한 질문이었다. 낸시는 고개를 저었다. "영원히요. 아니면 몇 년이요…. 전 몇 년간 그곳에 있었고, 돌아오고 싶지 않았어요. 다시는."

"나도 안단다, 얘야." 엘리노어의 손이 낸시의 팔꿈치를 가만히 잡고는, 계단 뒤에 있는 문으로 이끌었다. 나이 든 여성의 향수에서는 민들레꽃과 생강 쿠키 냄새가 났다. 그녀가 걸친 다른 모든 것과 마찬가지로 말이 되지 않는 조합이었다. "이리 오렴. 너에게 딱 맞는 방이 있단다."

엘리노어가 말한 '딱 맞는 방'은 1층(현관 계단을 올라간 1층이므로 일반적으로는 2층 또는 1.5층에 가깝다 – 옮긴이 주)이었고, 거대한 늙은 느릅나무 그림자 속에 자리 잡아 모든 빛이 가로막히지만 않았다면 하나뿐인 창으로 햇빛이 들어왔을 위치였다. 그 방 안은 언제나 어둑했고, 낸시는 안으로 들어가서 주위를 둘러보자마자 어깨에 진 짐을 내려놓은 기분이었다. 방의 절반, 그러니까 창문이 있는 쪽 절반에는 옷가지와 책과 장신구가 아무렇게나 널려 있었다. 침대 위에는 바이올린이 대충 던져져 있었고, 바이올린 활은 책장 가장자리에 아슬아슬하게 놓여서 조금만 건드려도 떨어질 태세였다. 공기 중에는 박하와 진흙 냄새가 풍겼다.

방 안의 나머지 절반은 호텔 방처럼 무색무취했다. 침대 하나, 작은 서랍장 하나, 책장 하나, 책상 하나가 있었는데 모두 아무 칠도 하지 않은 희끄무레한 나무색이었다. 벽은 휑했다. 낸시는 엘리노어를 물끄러미 쳐다보다가 그녀가 고개를 끄덕이자 걸어가서 빈 침대 가운데에 단정하게 가방을 내려놓았다.

"고맙습니다." 낸시는 말했다. "이 방이면 괜찮겠네요."

"솔직히 나는 확신이 없구나." 엘리노어는 낸시의 가방을 보고 얼굴을 찌푸리며 말했다. 그 가방은 너무나 정확하게 놓여 있었다. "망자의 전당이라고 불리는 곳이라면 어떤 곳이건 간에 언더월드 계열에 들어갈 텐데, 언더월드는 대부분 로직 세계보다는 난센스 세계에 속하지. 그런데 네가 갔던 곳은 좀 더 엄격했던 모양이구나. 흠, 상관없겠지. 스미와 잘 맞지 않는다면 언제든 다른 방으로 옮길 수 있을 테니까. 혹시 또 아니? 네가 스미한테 부족한 부분을 채워줄 수 있을지도 모르지. 그러지 못한다 해도 뭐, 너희라면 서로를 정말로 죽이려 들진 않으리라 기대한다."

"스미요?"

"네 룸메이트야." 엘리노어는 바닥에 흩어진 잡동사니를 피해서 창문까지 걸어갔다. 창문을 밀어 열고, 몸을 밖으로 내밀더니 느릅나무 가지를 훑어보며 뭔가를 찾는 것 같았다. "하나 둘 셋, 보인다, 스미. 들어와서 룸메이트를 만나 보렴."

"룸메이트?" 어리고, 여자 목소리였으며, 짜증이 나 있었다.

"내가 통보했잖니." 엘리노어가 창문에서 머리를 빼내고 방 중앙으로 돌아가면서 말했다. 놀라울 정도로 자신 있는 움직임이었다. 바닥이 얼마나 어질러져 있는지 생각하면 더욱 놀라웠다. 낸시는 계속 저러다가 넘어지겠다고 조마조마했으나, 엘리노어는 넘어지지 않았다. "이번 주에 새로운 학생이 온다고, 혹시 너와 양립할 수 있는 세계에서 온 여자애라면 이 방의 남는 침대를 차지하게 될 거라고 말했을 텐데. 하나도 기억이 안 나니?"

"자기 목소리를 들으려고 떠드는 줄 알았지. 실제로 그러긴 하잖아. 모두가 그러지." 창문에 머리가 불쑥 나타났는데, 거꾸로인 것을 보니 머리 주인이 느릅나무에 매달려 있는 모양이었다. 낸시 또래의 일본계 혈통 같았고, 긴 검은 머리를 어린아이처럼 귀 위에 양 갈래로 묶었다. 그 소녀는 의혹을 숨기지도 않고 낸시를 보다가 물었다. "너 혹시 내가 솜사탕 백작 부인한테 죄를 저질렀다고 벌하러 온 케이크 여왕의 하인이야? 내가 지금은 전쟁을 할 기분이 아니거든."

"아니야." 낸시는 얼이 빠져서 대답했다. "난 낸시야."

"재미없는 이름이네. 어떻게 그렇게 따분한 이름을 달

고 여기 올 수가 있어?" 스미는 한 바퀴를 돌아서 나무에서 떨어지더니, 잠깐 창문에서 사라졌다가 다시 불쑥 나타나 창틀에 몸을 기대고 물었다. "엘리-엘리노어, 이거 확실해? 확실하게 확실? 아예 여기 올 애처럼 보이지도 않는데. 엘리가 재 기록에서 있지도 않은 걸 본 거 아니야? 실제로는 형편없는 염색 피해자 청소년들이 가는 학교에 가야 할 애라거나."

"난 머리를 *염색하지* 않아!" 낸시의 반박에는 열기가 깃들어 있었다. 스미는 입을 다물고 눈을 껌벅이며 낸시를 보았다. 엘리노어도 낸시를 돌아보았다. 얼굴에 피가 오르면서 낸시의 두 뺨이 뜨거워졌지만, 용케 손을 올려 머리카락을 쓰다듬지 않고 버틸 수 있었다. "예전에는 나도 우리 어머니와 똑같이 새까만 머리였어. 처음으로 '망자의 군주(lord of the dead)'와 춤을 췄을 때, 그분이 아름다운 머리카락이라고 하시면서 손가락으로 훑으셨지. 그랬더니 질투하느라 다른 머리카락이 다 하얗게 변해 버렸어. 그래서 검은 머리카락은 다섯 가닥밖에 남지 않은 거야. 그분이 건드린 부분만."

비판적인 눈으로 살펴보니 엘리노어도 그 다섯 가닥

이 환상 같은 손 모양을 이루고 있음을 알 수 있었다. 앞에 서 있는 창백한 여자애가 단 한 번, 더도 덜도 아니고 단 한 번 손길을 받은 흔적이었다. "그렇구나." 엘리노어는 말했다.

"난 염색하지 않아." 낸시는 여전히 흥분해서 말했다. "절대로 염색하지 않을 거야. 그건 무례한 짓이 될 테니까."

스미는 여전히 휘둥그레 뜬 눈을 껌벅이다가, 씩 웃었다. "아, 너 마음에 든다. 넌 카드 중에서 제일 미친 카드구나, 그렇지?"

"여기에선 미쳤다는 말을 쓰지 않아." 엘리노어가 쏘아붙였다.

"하지만 사실인걸." 스미가 말했다. "재는 돌아갈 거라고 생각해. 안 그러니, 낸시? 넌 어느 날 딱 찾은 이상한 문을 열고는 천국으로 가는 계단을 볼 거고, 한 발자국, 두 발자국, 그렇게 몇 발자국을 걸으면 다시 네 이야기 속으로 돌아갈 거라고 생각하지. 미친 여자애. 멍청한 여자애. 넌 돌아갈 수 없어. 일단 쫓겨나면 돌아갈 수가 없다고."

낸시는 심장이 목구멍까지 기어 올라와서 숨통을 틀어

막는 듯한 기분이 들었다. 겨우 그 심장을 다시 삼키고 나서 속삭였다. "틀렸어."

스미는 눈을 반짝였다. "내가?"

엘리노어가 손뼉을 쳐서 두 사람의 관심을 다시 끌었다. "낸시, 짐을 풀고 정리하는 게 어떻겠니? 저녁 식사는 6시 30분이고, 집단 상담은 8시에 있단다. 스미, 제발 온 지 하루도 되지 않은 아이에게 죽고 싶어서 안달하지 말아 줄래."

"집에 가려고 노력하는 방법은 각자 다른 법이지." 스미는 그렇게 말하고 창틀에서 사라진 뒤, 뭔지는 몰라도 엘리노어가 방해하기 전에 하던 일로 돌아갔다. 엘리노어는 낸시에게 미안하다는 눈빛을 짧게 던지더니 문을 닫고 사라졌다. 낸시는 돌연히 혼자가 되었다.

낸시는 10을 셀 때까지 그대로 서서 정지 상태를 즐겼다. 망자의 전당에서 지낼 때는 며칠씩 같은 자리를 고수하면서 다른 살아 있는 조각상들과 섞여야 할 때도 있었다. 정지하는 데 능숙하지 못한 하녀들은 석류즙과 설탕에 적신 스폰지를 들고 다니면서 움직이지 않는 사람들의 입술에 눌러 주곤 했다. 낸시는 석류즙을 삼키지 않고 목구멍으로 흘려 넣어, 달빛을 받는 돌처럼 수동적으로 마시는 방법을 익혔다. 완벽하게 가만히 있기까지 몇 달, 아니 몇 년이 걸렸지만 그래도 해냈었다. 아, 그랬다. 낸시는 그 일을 해냈고, '그림자의 귀부인(the Lady of Shadows)'은 빠르거나 뜨겁거나 들썩이려고 하지 않는 어린 인간 소녀라니 아름답기 그지없다고 칭찬했다.

하지만 여기는 빠르고 뜨겁고 들썩이는 것들을 위한 세상이었다. 조용한 망자의 전당과는 달랐다. 낸시는 한숨을 내쉬며 정지 상태를 풀고 몸을 돌려 가방을 열었다. 그리고 다시 얼어붙었다. 이번에는 놀라고 경악해서였다. 낸시의 옷, 정말 조심스럽게 가방에 쌌던 속이 비치는 가운과 얇디얇은 검은 셔츠가 다 없어지고 그 자리에 스미쪽 방에 흩어진 물건들처럼 색색깔의 옷감이 잔뜩 들어차 있었다. 옷더미 위에는 봉투가 하나 있었다. 낸시는 떨리는 손으로 봉투를 집어 들고 열었다.

> 낸시에게-
>
> 너에게 이렇게 비열한 장난을 쳐서 미안하구나, 아가. 하지만 넌 우리에게 선택의 여지를 주지 않았

어. 네가 기숙 학교에 가는 건 나아지기 위해서지, 납치범들이 너에게 한 짓에 빠져 지내기 위해서가 아니야. 우린 우리의 진짜 딸이 돌아오길 바란다. 이건 다 네가 사라지기 전만 해도 제일 좋아하던 옷들이야. 예전의 넌 우리의 작은 무지개였지! 그때를 기억하니?

넌 너무 많은 것을 잊어버렸어.

사랑한다. 네 아빠와 나, 우린 세상 무엇보다 널 사랑하고, 네가 우리에게 돌아올 수 있다고 믿어. 부디 네게 더 어울리는 옷을 싸 준 우리를 용서하고, 우리가 이런 일을 한 건 오직 너에게 가장 좋은 것을 해 주고 싶어 해서라는 점을 알아주렴. 우린 널 되찾고 싶다.

학교에서 잘 지내렴. 우린 네가 집에 머물 준비가 될 때를 기다리고 있을게.

편지 끝에는 어머니의 비딱하고 불안정한 서명이 들어갔다. 낸시는 그 서명을 제대로 보지도 못했다. 눈에는 미움에 찬 뜨거운 눈물이 가득 고였고, 덜덜 떨리면서 경련하는 손가락들이 편지지를 읽을 수 없는 주름투성이로 구겨 놓았다. 낸시는 바닥에 무너져서 무릎을 끌어안은 채 열린 가방에 시선을 고정했다. 어떻게 저런 옷을 입는단 말인가? 저것들은 햇빛 속을 움직이는 사람들, 뜨겁고 빠른 사람들, 망자의 전당에서는 환영받지 못하는 사람들이나 입는 대낮의 색깔들이었다.

"뭐하니?" 스미의 목소리였다.

낸시는 돌아보지 않았다. 그녀의 몸은 이미 허락 없이 움직이는 배신을 저지르고 있었다. 하다못해 자의로라도 움직이기를 거부해야 했다.

"너 지금 바닥에 앉아서 울고 있는 것 같은데, 다들 그게 위험, 위험, 하지 말아야 할 위험인 줄 알거든. 그러고 있으면 도저히 유지할 수가 없어서 와르르 흩어질 수도 있어 보인단 말이야." 스미가 말하면서 몸을 가까이 기울였다. 어찌나 가까운지, 스미의 묶은 머리가 낸시의 어깨를 스치는 느낌이 들 정도였다. "왜 울고 있어, 유령 소녀? 누가 네 무덤이라도 밟고 지나갔어?"

"난 죽은 적 없어. 단지 한동안 망자의 군주를 섬기러 갔을 뿐이고, 영원히 그곳에 있을 예정이었어. 그런데 그분이 내가 확신을 얻을 만큼은 여기에 돌아와 있어야 한다고 하셨지. 난 떠나기 전부터 이미 확신했는데, 왜 내 문이 여기에 없는지 모르겠어." 뺨에 달라붙어 떨어지지 않는 눈물이 너무 뜨거웠다. 데일 것 같았다. 낸시는 움직임을 허용하고 손을 뻗어 맹렬히 눈물을 닦아 냈다. "내가 울고 있는 건 화가 나고, 슬프고, 집에 가고 싶기 때문이야."

"멍청한 여자애." 스미가 안타깝다는 듯 낸시의 머리에 손을 얹더니 탁 때리고는 -가볍기는 해도 어쨌거나 때린 건 때린 거였다- 낸시의 침대로 뛰어올라 열려 있는 가방 옆에 몸을 웅크렸다. "그 집이라는 건 너희 부모님이 있는 곳이 아니지? 학교에 가고 수업을 듣고 남자애들을 만나고 수다를 떨 그런 집은 아니지, 아니야, 이제 너한테는 소용없는 곳이지. 그런 건 다 남들, 너처럼 특별하지 않은 사람들에게나 필요한 거야. 네가 말하는 집이란 네 머리를 하얗게 만든 남자가 사는 곳이지. 뭐, 넌 유령 소녀니까 그 남자도 살아 있진 않을지도 모르지만. 멍청한 유령 소녀야. 넌 돌아갈 수 없어. 지금쯤은 너도 알아야지."

낸시는 고개를 들고 스미를 향해 얼굴을 찌푸렸다. "어째서? 그 문을 통과하기 전까지만 해도 난 다른 세상으로 가는 입구 같은 게 존재하는지도 몰랐어. 이제 난 정확한 때에 정확한 문을 열면 마침내 내가 정말 있어야 할 곳을 찾을 수 있다는 걸 알아. 그런데 왜 내가 돌아갈 수 없다는 거지? 난 그저 아직 확신을 다 얻지 못한 걸지도 몰라."

망자의 군주가 거짓말을 하지는 않았을 것이다. 그럴 리가 없었다. 그분은 낸시를 사랑했다.

사랑했다.

"희망은 세상의 토대를 가를 수 있는 칼이거든." 스미는 갑자기 이전의 엉뚱함이 싹 걷힌 또렷하고 투명한 목소리로 말했다. 스미는 차분하고 침착한 눈으로 낸시를 보았다. "희망은 아파. 넌 그 사실을 배워야 해. 희망 때문에 속에서부터 난도질당하고 싶지 않다면 빨리 배워야지. 희망은 나빠. 희망은 다시는 돌아오지 않을 것들에 계속 매달린다는 뜻이고, 그래서 아무것도 남지 않을 때까지 계속 피를 흘리게 된다는 뜻이야. 엘리-엘리노어는 언제나 이런 말은 쓰지 말아라, 저런 말은 쓰지 말아라 하지만, 정작 정말로 나쁜 건 금지하는 법이 없어. 희망을 금지하지 않으니 말이야."

“난 집에 가고 싶을 뿐이야.” 낸시가 속삭였다.

“바보 유령. 우리 모두가 그걸 원해. 그래서 우리가 여기 있는 거고.” 스미는 낸시의 가방을 돌아보고 안에 든 옷을 헤집기 시작했다. “이거 예쁜데. 나한테는 너무 작네. 넌 왜 그렇게 마른 거야? 나한테 맞지도 않는 옷을 훔칠 순 없어. 그건 바보 같잖아. 그렇다고 내가 지금보다 작아질 수도 없고. 이 세상에선 아무도 작아지지 않지. 고도의 로직 세계는 하여간 재미가 없어.”

“난 그 옷들이 싫어.” 낸시가 말했다. “다 가져가. 다 잘라서 네 나무에 걸 띠를 만든대도 상관없어. 그냥 나한테서 가져가 줘.”

“잘못된 색깔이니까 그렇지? 다른 사람의 무지개니까.” 스미는 침대에서 깡충 뛰어내려서 가방을 쾅 닫더니 질질 끌고 갔다. “자, 일어나. 누구 좀 보러 갈 거야.”

“뭐?” 낸시는 지치고 당황해서 스미의 뒷모습을 보았다. “미안하지만, 난 방금 널 만났고, 너와 같이 어디에도 가고 싶지 않아.”

“난 네가 그러거나 말거나 상관 없으니 잘됐네, 그치?” 스미는 밉고도 미운 태양처럼 눈부시게 활짝 웃더니, 낸시의 가방과 낸시가 가진 옷 전부를 가지고 문 밖으로 뛰어나갔다.

냰시는 그 옷들을 원하지 않았기에, 잠시 동안이지만 이대로 있을까 하는 유혹을 느꼈다. 그러다가 한숨을 내쉬고 일어서서 스미를 따라갔다. 안 그래도 이 세상에 가진 물건이 거의 없었다. 그리고 아무래도 깨끗한 속옷은 필요할 터였다.

아름다운 소년들과

매혹적인 소녀들

스미는 살아 있는 사람답게 가만히 있지 못하고 계속 움직였는데, 산 사람치고도 빨랐다. 낸시가 방에서 나갔을 때는 이미 복도를 반쯤 주파한 후였다. 스미는 낸시의 발소리가 들리자 잠깐 멈춰서 어깨 너머를 돌아보더니, 키가 더 큰 낸시에게 얼굴을 찌푸려 보였다.

"빨리, 빨리. 빨리 좀 와." 스미가 잔소리를 했다. "해야 할 일을 끝내기 전에 저녁 식사에 따라잡히면 스콘과 잼을 못 먹을 거라고."

"저녁 식사가 따라와? 그리고 저녁 식사에 따라잡히지 않으면 스콘과 잼을 저녁으로 먹는 거야?" 낸시는 당황해서 물었다.

"보통은 안 그러지." 스미는 말했다. "자주는 안 그래. 에잇, 사실은 그런 일 없어. 아직까진. 하지만 오래 기다리다

보면 그런 일도 있을 수 있잖아. 그리고 난 스콘과 잼이 저녁으로 나왔을 때 놓치기 싫어! 저녁 식사는 대체로 지루하고 끔찍한 것들, 건강한 마음과 몸을 키운다는 고기와 감자 같은 것들이야. 따분하지. 분명히 네가 죽은 사람들과 먹던 저녁 식사가 훨씬 재미있을 거야."

"가끔은." 낸시는 그 사실을 인정했다. 그래, 그곳에선 연회가 벌어졌고, 몇 주씩 이어지는 잔치에선 과일과 와인과 호화로운 검은색 디저트들의 무게에 테이블이 삐걱거렸다. 낸시는 그런 어느 연회에서 유니콘 맛을 보았고, 그 말처럼 생긴 동물의 달게 절인 살코기에 들어 있던 섬세한 독 때문에 얼얼한 입으로 잠자리에 들었다. 하지만 대개는 은잔에 담긴 석류즙이 있었고, 위가 빈 느낌이 그녀의 정지 상태에 무게를 더해 줬다. 언더월드에서는 허기가 빠르게 사그라들었다. 허기는 불필요했고, 정적과 평화와 춤을 얻기 위해서라면 작은 대가였다. 낸시가 너무나 열렬하게 즐기던 그 모든 것의 대가라면 말이다.

"그렇지? 그러니까 너도 훌륭한 저녁 식사의 중요성은 이해하겠구나." 스미는 다시 걷기 시작했다. 낸시의 느리고 큰 걸음에 비하면 보폭이 짧았다. "케이드가 딱 고쳐 줄 거야. 비처럼 제대로, 토끼처럼 제대로. 보면 알아. 케이드는 제일 좋은 것들이 어디 있는지 알거든."

"케이드가 누구야? 제발, 걸음 좀 늦춰." 낸시는 스미를 따라잡기 위해 죽어라 뛰는 기분이었다. 이 키 작은 소녀의 움직임은 너무 빠르고 너무 끊임이 없어서, 언더월드에 적응한 낸시의 눈으로는 제대로 따라잡기도 힘들었다. 마치 알지도 못하는 목적지로 향하는 거대한 벌새를 따라가는 느낌이었고, 낸시는 벌써 기진맥진이었다.

"케이드는 여기에 아주 아주 오래 있었어. 케이드의 부모님은 걜 되찾고 싶어 하지 않거든." 스미는 어깨 너머로 낸시를 보며 눈을 반짝였다. 그 표정을 달리 표현할 말이 없었다. 코를 찡그리면서 눈 주위 피부를 팽팽하게 당기는 그 기묘한 조합은 결코 웃는 것처럼은 보이지 않았다. "우리 부모님도 날 되찾고 싶어 하지 않기는 했어. 내가 기꺼이 다시 그분들의 착하고 어린 딸로 돌아가서 난센스 세계에 대한 온갖 헛소리를 그만두지 않는 한은 그랬지. 그런데 그 사람들은 날 여기 보내더니 죽어 버렸고, 이제는 영영 날 원하지 않을 거야. 난 엘리-엘리노어가 나한테만 다락방을 쓰게 해 줄 때까지 계속 여기에 살 거야. 그때가 되면 서까래 안에 캔디를 넣어 놓고 새로 온 여자애마다 수수께끼를 내야지."

그들은 계단 앞에 이르렀다. 스미는 깡충깡충 올라갔고, 낸시는 좀 더 차분하게 따라갔다.

"그 캔디에 거미와 가시 같은 것들이 들어가지는 않고?" 낸시가 물었다.

스미는 요란한 웃음소리와 실제 웃는 얼굴로 그 말에 보답했다. "거미와 가시 같은 것들이라니!" 스미가 까르륵거렸다. "벌써 운율을 맞춰서 말하네! 아, 어쩌면 우리가 친구가 될지도 모르겠다, 유령 소녀야. 그러면 여기도 짜증스럽지만은 않겠지. 어서 따라와. 할 일이 많은데, 여기는 시간이 한쪽으로만 흐르는 경향이 있거든. 끔찍한 곳이니까 말이야."

계단을 다 오르자 층계참이 나오더니 또 계단이 이어졌고, 스미가 바로 오르는 바람에 낸시도 따라갈 수밖에 없었다. 정지 상태로 지내던 날들 덕분에 낸시의 근육은 튼튼했다. 몇 시간씩 몸무게를 지탱하는 데 익숙해진 근육이었다. 어떤 사람들은 움직여야만 힘이 길러진다고 생각하는데, 이는 잘못된 생각이다. 산은 파도만큼 강력하다. 단지… 방식이 다를 뿐이었다. 낸시는 스미를 좇아 점점 더 높은 곳으로 올라가면서 산이 된 것 같은 기분을 느꼈다. 가슴 속에서 심장이 쿵쾅거리고 호흡이 턱에 차서 그대로 숨이 막혀 죽을까 겁이 났다.

스미가 나름대로 예의 바른 '출입 금지'가 조그맣게 적힌 하얀 문 앞에 멈춰 섰다. 스미는 히죽 웃으면서 말했다. "이게 진심이라면 이렇게 써 놓지도 않을 거야. 케이드든 누구든 난센스 세계에서 시간을 보냈던 사람이라면 이 말이 초대장이나 다름없다는 걸 알거든."

"왜 여기 사람들은 계속 '난센스 세계' 같은 말을 하는 거야? 그게 어딘데?" 낸시는 물었다. 꼭 들어야 하는 학교 소개를 놓치기라도 한 기분이 슬슬 들었다. 그런 소개 시간이 있었다면 모든 의문에 대한 답을 얻었을 테고, 지금보다 덜 길 잃은 기분이었을 것이다.

"그야 그게 맞고, 그게 아니기도 하고, 그건 중요하지 않으니까." 스미는 그렇게 말하고 다락방 문을 두드리더니 "우리 들어간다!" 하고 소리쳤다. 문을 밀어 여니, 헌 책방과 의상실을 섞어 놓은 것 같은 공간이 드러났다. 책을 놓을 수 있는 곳이라면 어디나 책더미가 쌓여 있었다.

벽마다 놓인 책장을 빼면 침대 하나, 책상 하나, 테이블 하나 정도 있는 가구 모두 책더미로 만들어진 것 같았다. 그나마 책장이 나무인 건 안정성 때문이지 싶었다. 책더미 위에는 다시 옷감 더미가 쌓였다. 면과 모슬린에서부터 벨벳과 얇디얇은 반짝이는 실크까지 다양했다. 그리고 그 모든 물건 한가운데, 페이퍼백을 쌓아서 만든 받침대 위에, 낸시가 평생 본 가장 아름다운 소년이 다리를 접고 앉아 있었다.

소년의 피부는 금빛으로 그을었고, 머리카락은 새까맸다. 짜증을 드러내면서 읽고 있던 책에서 시선을 들자 눈동자는 갈색이고 이목구비가 완벽하다는 사실을 알 수 있었다.

그 소년에게는 어딘가 시간을 초월한 느낌이 있었다. 그림에서 현실로 걸어 나왔다 해도 이상하지 않을 느낌이었다. 그때 소년이 말했다.

"스미 넌 또 여기서 뭐 하는 건데?" 소년의 말투에는 오클라호마 억양이 토스트에 펴 바른 땅콩버터처럼 찐득하게 묻어났다. "지난번에 내가 다시 오지 말라고 했을 텐데."

"그때는 내가 너보다 더 나은 책 정리 체계를 생각해 내서 화났을 뿐이잖아." 스미는 태연하게 대꾸했다. "어쨌든 진심은 아니었던 거 알아. 난 네 하늘에 비치는 햇빛이고, 넌 내가 사라지면 그리워할 거야."

"네가 책을 색깔별로 정리해 놓는 바람에 뭐가 어디 있는지 알아내는 데 몇 주가 걸렸어. 지금 난 중요한 연구 중이라고." 케이드는 다리를 펴고 책더미에서 미끄러져 내려왔다. 그러다가 페이퍼백이 한 권 떨어졌는데, 바닥에 떨어지기 전에 케이드가 잽싸게 낚아챘다. 그는 돌아서서 낸시를 보았다. "신입이네. 벌써 쟤가 널 엉뚱한 길로 끌고 가진 않았길 빈다."

"지금까지는 다락방으로 데려오기만 했어." 낸시는 바보같이 대답했다. 뺨이 붉게 달아올랐다. "그러니까 내 말은, 아니라는 거야. 난 대체로 어디 쉽게 끌려가고 그러지 않아."

"얘는 '아주 가만히 서서 아무것도 날 잡아먹지 않길 비는' 부류의 여자애야." 스미가 말하더니 케이드 쪽으로 가방을 밀었다. "얘네 부모님이 한 짓 좀 봐."

케이드는 맹렬한 핑크색 플라스틱 가방을 보고 눈썹을

올리더니, 잠시 후에 말했다. "색깔 참 화려하군. 물감으로 고칠 수 있어."

"바깥은 그럴지 모르지만, 속옷은 칠할 수 없잖아. 음, 할 수는 있지만 그랬다간 다 뻣뻣해질 테고, 네가 망쳐 놓은 게 아니라고 해도 아무도 안 믿을 거야." 스미의 표정이 잠시 차분해졌다. 다시 입을 열었을 때는 스미치고는 불안할 정도로 명료한 말이 나왔다. "얘네 부모가 학교에 보내기 전에 물건을 바꿔치기했어. 얘가 싫어할 줄 알면서도 그랬어. 쪽지도 써 놨더라."

"아." 케이드가 갑자기 이해했다는 듯 말했다. "그런 쪽이군. 알았어. 그러면 단순 교환이 되려나?"

"미안한데, 난 무슨 일인지 모르겠어." 낸시가 말했다. "스미가 내 가방을 잡고 달려가서 따라왔을 뿐이야. 누굴 성가시게 하고 싶진 않아…."

"성가시지 않아." 케이드가 말했다. 그는 스미에게 가방을 받아 들고 낸시를 돌아보았다. "부모들은 언제나 상황이 달라졌다는 걸 인정하기 싫어하지. 자식들이 인생을 바꿔 놓는 모험을 하고 왔는데 그 전과 똑같은 세상을 원해. 세상이 뜻대로 흘러가지 않으면, 우리를 위해 만든 상자 안에 억지로 쑤셔 넣으려고 해. 그나저나, 난 케이드야. '페어리랜드'고."

"난 낸시라고 하는데, 미안하지만 무슨 말인지 모르겠어."

"페어리랜드 계열에 갔다고. 3년을 거기서 살면서 무지개를 뒤쫓으며 조금씩 성장했지. 난 고블린 왕을 왕의 검으로 죽였고, 왕은 죽어 가면서 날 후계자로 삼았어. 차세대 고블린 왕자로." 케이드는 여전히 낸시의 가방을 든 채 책들의 미로 속으로 걸어 들어갔다. 흘러나오는 목소리가 케이드의 위치를 알렸다. "고블린 왕은 나의 적이었지만, 평생 처음으로 나를 분명하게 본 어른이었어. '무지개 공주'의 궁정은 충격을 받았고, 다음번 소원 우물을 지나칠 때 나를 그리로 던져 버렸지. 난 네브라스카 한복판의 들판에서, 열 살 때 몸으로 돌아와서, 처음 '프리즘' 속에 떨어졌을 때 입고 있던 드레스 차림으로 깨어났어." 케이드가 프리즘이라고 말할 때 그게 무슨 뜻인지는 의문의 여지가 없었다. 그건 어느 기묘한 세계를 가리키는 데 적절한 이름이었고, 그 단어를 말할 때 케이드의 목소리는 칼에 베인 살처럼 아파했다.

"여전히 난 무슨 말인지 모르겠어." 낸시가 말했다.

스미가 과장스러운 한숨을 내쉬었다. "케이드가 어느 페어리랜드 세상에 떨어졌다는 얘긴데, 그건 거울 속에 들어가는 것과 비슷해. 다만 그런 곳은 사실 고도의 난센스 세계인 척하는 고도의 로직 세계여서 아주 교활하고, 규칙에 대한 규칙과 또 규칙에 대한 규칙이 있어서 하나라도 어기면 쾅!" 스미는 목을 슥 긋는 시늉을 했다. "작년 쓰레기처럼 쫓아낸다는 얘기야. 거기선 어린 여자애를 슥 낚았다고 생각했는데, 페어리들은 어린 여자애들 데려가길 정말 좋아하거든, 중독이나 다름없지. 그런데 알고 보니 그 애가 생김새는 어린 여자애가 분명한데, 정신은 어린 남자애라는 사실을 알았을 때 어휴, 어땠겠어. 그대로 애를 던져 버린 거야."

"아." 낸시는 말했다.

"그래." 케이드가 책 미로에서 빠져나오며 말했다. 이제는 낸시의 가방을 들고 있지 않았다. 그 대신 마음 든든한 검은색과 흰색과 회색 옷들이 가득한 바구니를 들고 있었다. "몇 년 전에 해머 영화(해머 영화사는 1934년에 설립되었는데, 저예산 고딕과 호러 영화로 특히 유명하다 – 옮긴이 주) 같은 세계에서 10년을 살다 나온 여자애가 하나 있었거든. 모든 게 검은색과 흰색이고 하늘하늘하면서 레이스가 달린 게 완전 빅토리아 시대였지. 네 스타일 같아. 사이즈는 내가 눈대중으로 잡았는데, 아니라면 언제든 와서 더 크거나 작은 옷으로 바꿔 가. 코르셋을 조이는 부류는 아니라고 봤는데, 혹시 내가 틀렸나?"

"뭐? 음." 낸시는 바구니에서 겨우 시선을 뗐다. "맞아. 안 그래. 뼈대 있는 옷은 하루나 이틀 있으면 불편해져. 내가 있던 곳은 음, 좀 더 그리스풍이었어. 아니면 라파엘 전파랄까." 물론 거짓말이었다. 낸시는 그녀의 언더월드가, 그 다정하고 조용한 곳이 어떤 스타일이었는지 정확히 알았다. 어디에서 문을 찾아야 할지 아는 사람의 흔적을 찾으려고 구글을 이 잡듯이 뒤지고 위키피디아 링크를 타고 들어갔을 때, 낸시는 워터하우스라는 화가의 작품들과 맞닥뜨렸고, 그제야 눈에 거슬리지 않는 옷을 입은 사람들의 그림을 보고 순수한 안도감에 눈물을 흘렸다.

케이드는 낸시의 표정으로 의미를 이해하고 고개를 끄덕였다. "난 옷을 교환하고 옷장 재고를 조사하는 일을 주로 하지만, 맞춤 옷도 만들어. 다만 그러자면 내가 할 일이 훨씬 많아져서 돈을 받아야 해. 현금 말고 정보도 받아. 네가 통과한 문과 네가 갔던 곳에 대해 말해 주면, 내가 너에게 더 잘 맞는 옷을 몇 벌 만들어 줄 수 있어."

냰시의 뺨이 붉어졌다. "그러면 좋겠다."

"좋아. 이제 둘 다 나가. 잠시 후면 저녁 식사 시간인데, 읽던 책을 마저 읽고 싶거든." 케이드의 미소는 순식간에 사라졌다. "난 끝맺지 못한 이야기를 남겨 두는 게 늘 싫었어."

스미는 같이 계단을 내려가면서 낸시를 관찰했다. 키 큰 소녀는 흑백의 옷이 담긴 바구니를 꼭 끌어안고 있었는데, 아직도 뺨이 발그레했다. 낸시에게 그런 퇴폐적인 붉은 빛깔이라니, 있어선 안 될 일 같았다.

"걔랑 섹스하고 싶어?"

낸시는 계단에서 굴러떨어질 뻔했다.

낸시는 겨우 난간을 붙잡고는 스미를 돌아보며 빨개진 얼굴로 더듬더듬 말했다. "아니야!"

"확실해? 걔랑 하고 싶은 것처럼 보였다가, 아무래도 하고 싶은 게 아니었다는 걸 알아낸 것처럼 당황한 모습이던데. 질이라고, 저녁 식사 때 만나게 될 텐데, 걔는 케이드와 섹스하고 싶어 했다가 케이드가 예전엔 여자애였다는 사실을 알고 나서는 여자애 취급했어. 그러다가 미스 엘리가 우리더러 여기에선 사람들의 정체성을 존중한다고 했고, 우리는 진짜 무지개였다가 다락방에 살게 된 어떤 여자애에 대한 희한한 이야기를 들어야 했지. 어느 페어리랜드에서 하늘의 왕을 기분 나쁘게 했다고 쫓겨났다나.” 스미는 잠깐 말을 멈추고 숨을 들이마시더니 덧붙였다. “좀 무서운 이야기였어. 보통은 *여기*에서 *거기* 가게 된 사람들을 생각하지, *거기*에서 *여기*로 오게 된 사람 생각은 안 하잖아. 어쩌면 세상 사이의 벽이 우리 생각만큼 막혀 있는 게 아닐지도 몰라.”

“그래.” 낸시는 침착을 되찾고 다시 걷기 시작했다. “난 케이드…와 성관계를 하고 싶지 않은 게 확실하고, 케이드의 성별은 무엇이든 상관없어.” 낸시는 그렇게 말하는 게 옳을 거라고 확신했다. 예전에, 이 세상과 이 세상의 문제들을 뒤로하고 떠나기 전에 알았던 말들이었다. “그런 건 케이드와, 케이드가 얽히거나 얽히지 않기로 한 사람들 간의 일이야.”

"네가 케이드와 빙봉을 하고 싶은 게 아니라면, 내가 임자 있는 몸이라는 말을 해 둬야겠네." 스미가 경쾌하게 말했다. "걔는 왕국 먼 변방에 사는 옥수수사탕 농부고 내 하나뿐인 진정한 사랑인데, 언젠가는 우리 둘이 결혼할 거야. 아니, 내가 추방당하지 않았다면 결혼했겠지. 이제 걔는 혼자 밭을 돌볼 거고, 나는 나이들면서 걔가 그냥 꿈이었다고 생각하게 될 거고, 언젠가 내 딸의 딸이 감초 꽃다발을 들고 떠난 사람을 위한 기도를 읊으면서 걔 무덤에 찾아가겠지."

스미의 목소리는 조금도 흔들리지 않았다. 하나뿐인 진정한 사랑이라고 부르는 사람의 죽음에 대해 이야기할 때조차 흔들리지 않았다. 낸시는 곁눈질로 스미가 얼마나 진지한지 가늠해 보려고 했다. 스미에 대해서는 판단하기가 어려웠다.

두 사람은 그들의 방 앞에 도착했다. 그와 동시에 낸시도 판단을 내렸다. "네가 임자가 있거나 말거나 상관없어." 낸시는 문을 열고 침대 쪽으로 걸어가서 옷 바구니를 내려놓았다. 좀 더 시간을 들여 살펴보면서 크기와 소재를 확인해야 할 테지만, 지금만 해도 케이드에게 두고 온 옷들에 비하면 나아진 상태였다. "난 그런 거 안 해. 누구와도."

"순결주의야?"

"아니. 순결주의는 선택이지. 난 무성애자(asexual; 에이섹슈얼)야. 나에겐 그런 느낌 자체가 없어." 낸시는 성욕이 없어서 언더월드에 끌렸으리라 생각하기도 했다. 평범한 고등학교에 다니고, 평범한 10대들 사이에서 지낼 때는 너무나 많은 이들이 낸시를 '차가운 물고기'라고 부르며 내면이 죽었다고 했었다. 그 찬란한 망자의 전당에서 만난 그 누구도 낸시와 같은 성향은 아니었지만 말이다. 그들은 산 사람들과 똑같이 뜨겁게 욕정했다. 망자의 군주와 그림자의 귀부인은 궁전 전체에 그 열정을 펼쳤고, 그 빛에 모든 것이 데워졌었다. 낸시는 그 기억을 떠올리며 작게 미소짓다가, 스미가 아직도 쳐다보고 있음을 깨닫고 고개를 내저었다. "나는 그냥… 그냥 안 그래. 누군가가 얼마나 아름다운지에 감탄할 수는 있고, 그런 사람들에게 로맨틱한 끌림을 느낄 수도 있지만, 거기까지가 한계야."

"흐음." 스미는 자기 공간으로 걸어가면서 말했다. "좋아, 알았어. 혹시 내가 자위하면 신경 쓰일까?"

"뭐, 지금 말이야?" 낸시는 경악한 기색을 지우지 못했다. 자위 자체는 문제가 아니었지만, 방금 만난 여자애가 앞에서 바지를 내리고 쾌감을 느낄 거라고 생각하니 무시무시했다.

"으엑. 그건 아니지." 스미가 코에 주름을 잡았다. "지금은 아니고, 일반적으로 말이야. 이를테면 밤 늦게, 주위가 어두워지고 달가오리들이 하늘에 날개를 펼치면, 여자 손가락이 밭을 갈고 싶어질 수도 있다, 그런 얘기야."

"제발 묘사는 그만둬." 낸시는 힘없이 말했다. "아니야, 네가 자위한다고 해도 문제는 없어. 밤이라면. 어둠 속이라면. 나에게 말하지만 않는다면. 난 자위에 아무 유감도 없어. 단지 내 눈으로 보고 싶진 않을 뿐이야."

"내 지난번 룸메이트도 그랬어." 스미가 말했고, 그 논의는 그것으로 끝난 듯했다. 적어도 스미 쪽에서는 끝났다. 스미는 창밖으로 나갔고 낸시에게는 혼자만의 생각과 방과 새로운 옷장이 남았다.

낸시는 빈 창문을 1분 가까이 바라보다가 침대에 주저앉고는 두 손에 얼굴을 묻었다. 그녀는 조용하고 진지하며 떠나온 땅으로 돌아가고 싶어 열심인, 그러니까 그녀 같은 사람들이 가득한 학교에서 지내게 될 줄 알았다. 이런… 곳을 예상하진 않았다. 스미도 그렇고, 이해하지 못하는 용어를 휙휙 내던지는 사람들도 예상과 달랐다.

지도도 없이 집으로 항해하려고 애쓰는 기분이었다. 낸시는 확신을 얻기 위해 태어난 땅으로 돌려 보내졌는데… 평생 이보다 더 확신이 없을 때가 없었다.

저녁 식사는 지상층(0층이라고도 한다. 일반적인 1층에 해당한다-옮긴이 주)에 있는 연회장에서 열렸는데, 안 그래도 드넓은 방이 반질반질한 대리석 바닥과 대성당처럼 둥근 천장 때문에 더 커 보였다. 낸시는 문 앞에서 그 크기에 놀라고, 식탁 주위에 수많은 장식품처럼 흩어져 앉은 학생들의 모습에 주춤했다. 백 명 이상이 앉을 자리가 있었는데, 방 안에는 사십 명 정도밖에 없었다. 학생들은 너무 적었고, 방은 너무나 컸다.

"먹을 것을 가로막는 건 무례하고 지저분한 짓이야." 스미가 낸시를 밀고 지나가면서 말했다. 낸시는 균형을 잃고 문지방에 발이 걸려 비틀거리면서 연회장으로 들어갔다. 모두가 고개를 돌려 낸시를 보는 순간 정적이 깔렸다.

낸시는 얼어붙었다. 낸시가 망자들과 지내면서 배운 방어 기제는 그것뿐이었다. 가만히 있으면 유령들이 그녀를 봐도 생명력을 훔쳐 가지 못했다. 정지 상태야말로 최고의 보호책이었다.

누군가가 그녀의 어깨에 손을 얹었다. "아, 낸시. 잘됐구나." 엘리노어였다. "네가 식탁에 앉기 전에 마주쳤으면 하던 참이다. 친절을 베풀어서 이 늙은이를 자리까지 데려다주겠니."

낸시는 고개를 돌렸다. 엘리노어는 저녁 식사를 위해 옷을 갈아입었는데, 번쩍이던 오렌지색 바지와 무지개색 스웨터 대신 홀치기 염색 모슬린으로 만든 몸에 붙는 아름다운 드레스 차림이었다. 충격적일 만큼 밝은색이기도 했다. 그 옷은 태양처럼 낸시의 눈을 찔렀다. 그래도 예의범절에 들어맞을 행동을 달리 생각할 수 없었던 낸시는 나이든 여성에게 팔을 내밀었다.

"스미와는 잘 맞고?" 엘리노어는 같이 걸어가면서 물었다.

"스미는 아주… 느닷없어요." 낸시는 대답했다.

"스미는 주관적인 시간으로 거의 10년을 고도의 난센

스 세계에서 살았고, 네가 가만히 있는 법을 익혔다면 그 애는 멈추지 않는 방법을 익혔지." 엘리노어는 말했다. "스미가 살던 곳에서는 사람들이 멈추면 죽었어. 내가 있던 곳과 많이 가깝다 보니 대부분의 사람보다는 내가 스미를 잘 이해한단다. 착한 아이야. 너를 엉뚱한 방향으로 몰고 가진 않을 거다."

"절 데려가서 케이드라는 남자애를 만나게 해 줬어요." 낸시가 말했다.

"그래? 스미가 이렇게 빨리 친구를 소개하는 일은 드문데, 혹시… 옷에 문제가 있었니? 네가 짐에 싼 옷이 가방 안에 없었다거나?"

낸시는 아무 말도 하지 않았다. 붉어진 두 뺨과 시선을 피하는 눈으로 답은 충분했다. 엘리노어는 한숨을 쉬었다.

"내가 너희 부모님께 편지를 써서 네 치료는 나에게 맡기기로 했다는 점을 일깨우도록 하마. 부모님이 네 가방에서 꺼낸 짐이 뭐든 간에 한 달 안에는 여기로 받아 볼 수 있을 거야. 그동안 필요한 게 있으면 케이드를 다시 찾아가면 돼. 그 사랑스러운 아이는 바느질 명인이란다.

케이드가 없으면 우리가 어떻게 꾸려 나갈지 모르겠다."

"스미는 케이드가 '고도의 로직' 세계에 있었다고 했는데요. 전 아직도 그게 다 무슨 말인지 모르겠어요. 모두가 아는 말이라는 듯이 말하는데, 저에게는 다 새롭거든요."

"나도 안다, 얘야. 오늘 밤에 상담 시간이 있고 내일은 런디에게 제대로 오리엔테이션을 받을 테니까, 런디가 다 설명해 줄 거야." 엘리노어는 식탁에 도착하자 낸시의 팔에서 손을 떼어 내고 허리를 폈다. 엘리노어가 손뼉을 한 번, 두 번 쳤다. 모든 대화가 멈췄다. 앉아 있던 학생들이 – 대부분은 띄엄띄엄 앉았고, 몇 명은 비집고 들어갈 틈도 없이 바싹 붙어서 떠들고 있었는데 – 모두 기대하는 얼굴로 돌아보았다.

"다들 저녁 시간 잘 보내고 있니." 엘리노어가 말했다. "지금쯤이면 분명 몇 명은 새로운 학생이 한 명 들어왔다는 소식을 들었겠지. 이쪽이 낸시다. 둘 중 하나가 상대를 죽이려고 들기 전까지는 스미와 같은 방을 쓸 거야. 누가 누굴 죽일지를 두고 내기를 걸고 싶다면 케이드에게 말하렴."

여자애들이 왁자하게 웃음을 터뜨렸다. 그리고 낸시는

압도적으로 여자애들이 많다는 사실을 깨달았다. 책에 코를 파묻고 혼자 앉은 케이드를 빼면 방 전체에 남자애가 셋밖에 없었다. 여학교도 아닌데 이렇게 숫자가 다르다니 이상했다. 낸시는 아무 말도 하지 않았다. 엘리노어가 오리엔테이션이 있다고 했으니, 그 자리에서 모든 설명을 듣는다면 지금 질문할 필요가 없었다.

"낸시는 아직 여행 이후 이 세상에 돌아온 데 적응하고 있으니, 부디 처음 며칠은 친절하게 대하도록 하렴. 우리 모두도 옛날 옛날에는 여러분에게 친절했으니." 엘리노어의 말 속에는 가느다란 강철심 같은 것이 들어 있었다. "낸시도 야단법석과 쾌활한 악의를 주고받는 데 합세할 준비가 되면 직접 알려 줄 거야. 자, 이제 다들 먹어라. 먹고 싶지 않더라도 먹어. 우린 물질 세계에 있고 여러분의 혈관에는 피가 흐르니까. 계속 흐르게 해야지." 엘리노어는 낸시에게서 몸을 떼어 내더니, 의지할 닻도 없이 홀로 남겨 두고 걸어가 버렸다.

저녁 식사는 한쪽 벽에 뷔페식으로 차려져 있었다. 낸시는 삶은 고기와 구운 채소 요리들에 흠칫거리면서 그쪽으로 이동했다. 그런 요리는 너무 무겁고 받아들이기 힘들어서 뱃속에 돌처럼 얹히곤 했다. 결국 낸시는 접시에 포도, 멜론 한쪽, 그리고 코티지 치즈 한 숟가락을 담았다. 그리고 크랜베리 주스를 한 잔 집어 들고 식탁을 돌아보았다.

예전에는 낸시도 이런 일에 능숙했다. 고등학교에서 제일 인기 좋은 축에 든 적은 없어도, 이런 게임을 잘할 만큼은 이해하고 있었다. 방 안의 온도를 읽고, 못된 여자애들의 치열한 격류에 쓸려 가지는 않으면서, 동시에 따돌림당하는 아이들의 불쾌한 웅덩이에 빠져 버릴 위험은 없는 안전한 여울을 찾는 것. 그런 문제가 너무나 중요했던 시절을 떠올렸다. 때로는 그런 일에 신경 쓰던 소녀로 돌아갈 방법을 알고 싶었다. 또 어떤 때는 그때로 돌아갈 수 없다는 사실이 한없이 고마웠다.

남자애들은 케이드만 빼고 모두 같이 앉아서 우유에 거품을 불며 웃어 대고 있었다. 아니, 저긴 안 된다. 한 무리는 낸시가 얼굴을 제대로 볼 수 없을 정도로 눈부시게 아름다운 여자애 주위에 모여 있었다. 또 한 무리는 캔디 핑크색 액체가 담긴 펀치볼을 둘러싸고 한 모금씩 마시고 있었다. 양쪽 다 그녀를 반길 것 같지 않았다. 낸시는 식당을 둘러보다가 유일하게 눈에 들어온 안전한 항구를 발견하고 그쪽으로 향했다.

스미가 너무나 달라 보이면서도 너무나 닮은 두 소녀 맞은편에 앉아 있었다. 스미의 접시에는 무엇이 뒤섞이든 상관하지 않고 음식이 높다랗게 쌓였다. 그레이비 소스에 덮인 멜론 조각이 잼에 뒤덮인 로스트비프 위로 쏟아졌다. 그 꼴을 보기만 해도 낸시는 속이 울렁거렸지만, 그래도 스미 옆에 접시를 놓고 헛기침을 한 후에 정해진 질문을 던졌다.

"여기 자리 있니?"

"스미가 방금 네가 이 세상이든 다른 어느 세상이든, 걸어 다니는 모든 여자애를 통틀어서 최고로 지루한 마분지 패러디라고 설명하고 있었어. 우리 모두 널 안타깝게 여겨야 한다고 말이야." 모르는 여자애 하나가 안경을 바로잡으면서 낸시를 돌아보았다. "그렇다는 건 네가 나와 비슷한 부류라는 얘기지. 부디 앉아서 우리 테이블의 지루함을 덜어 줘."

"고마워." 낸시는 대답하고 앉았다.

맞은편의 두 여자애는 똑같은 얼굴이면서 놀랍도록 달

랐다. 살짝 그린 아이라이너와 다소곳한 표정, 아니면 금속테 안경과 강철 같은 시선만으로, 어떻게 똑같아야 할 얼굴이 뚜렷하게 구별되는 서로 다른 얼굴로 변할 수 있는지 놀라울 정도였다. 둘 다 긴 금발에, 콧잔등에는 주근깨가 있었고, 어깨가 좁았다. 한 명은 구식이면서 동시에 유행에 한발 앞선 듯도 한 하얀색 버튼다운 셔츠에 청바지와 검은색 조끼를 입었고, 머리는 깔끔하게 뒤로 묶었으며, 어떤 장식도 프릴도 없었다. 장식이라고 할 만한 것은 생물학적 유해물질을 나타내는 문양이 작게 들어간 나비넥타이뿐이었다. 다른 한 명은 목선이 깊이 파인 보디스와 놀라울 정도로 많은 레이스가 들어간 나풀거리는 분홍색 드레스를 입었다. 크고 굽슬굽슬한 컬이 들어간 머리카락은 분홍색 리본으로 묶었다. 똑같은 색의 리본을 목에도 감아서 초커를 대신했다. 둘 다 10대 후반 같았는데, 눈동자만은 훨씬 나이든 느낌이었다.

"난 잭이야. 재클린을 줄여서." 안경을 낀 쪽이 말하더니 분홍색을 입은 쪽을 가리켰다. "이쪽은 질리안을 줄여서 질. 우리 부모님은 절대로 자식들에게 이름을 붙여선 안 될 사람들이었거든. 넌 낸시지."

"맞아." 낸시는 달리 어떻게 반응해야 할지 알 수 없었다. "둘 다 만나서 반가워."

낸시가 다가간 이후 움직이지도, 말을 하지도 않고 있던 질이 눈을 움직여 낸시의 접시를 보더니 말했다. "많이 먹지 않는구나. 다이어트하니?"

"아니, 그렇진 않아. 그저…." 낸시는 머뭇거리다가 고개를 젓고 말했다. "여행과 스트레스 등등 때문에 속이 안 좋아."

"난 스트레스야, 등등이야?" 스미가 잼이 끈적하게 묻은 고기 조각을 집어서 입에 털어 넣으며 묻더니, 우물거리면서 말을 계속했다. "난 둘 다 될 수 있을 거야. 유연하거든."

"난 다이어트 중이야." 질은 당당하게 말했다. 질의 접시에는 레어라고 하기에도 너무 핏기가 붉어서 사실상 날고기 같은 로스트 조각 말고는 아무것도 없었다. "하루 걸러 한 번은 고기를 먹고 나머지 시간에는 시금치를 먹어. 내 피는 나침반을 삼아도 될 정도로 철분이 풍부하지."

"그거 음, 아주 좋네." 낸시는 도움을 찾아 스미를 보면서 말했다. 살면서 다이어트하는 여자애들을 늘 보기는 했지만, 다이어트 목표가 철분이 풍부한 피인 경우는 거의 없었다. 대개는 더 가느다란 허리, 더 투명한 피부, 더 많은 남자친구를 구하려고 했고, 자기들이 어떤 늪에 가라앉고 있는지 이해하지 못할 만큼 어린 나이에 생겨나 뼛속 깊이 각인된 자기혐오에 떠밀렸다.

스미가 먹던 것을 삼켰다. "잭과 질이 언덕을 올라갔지, 살육 장면을 보려고, 잭은 떨어져서 정수리가 깨졌고, 질은 뒤따라서 굴러떨어졌다네(잭과 질이라는 유명한 영국 동요를 비틀어서 부르고 있다 – 옮긴이 주)."

잭이 오랫동안 고통받은 사람 같은 표정을 지었다. "난 그 시가 싫어."

"그리고 그렇게 된 일도 아니었어." 질이 말하더니 낸시를 보고 활짝 웃었다. "우린 아주 좋은 곳에 갔고, 우리를 아주 사랑하는 아주 좋은 사람들을 만났어. 하지만 그곳 방범대와 사소한 문제가 있어서, 우리의 안전을 위해 이 세상에 한동안 돌아와야 했어."

"내가 '아주'라는 말을 남용하지 말라고 하지 않았어?" 잭이 지친 목소리로 물었다.

"잭과 질은 더 멍청하고 멍청한 여자애들이야." 스미가 포크로 멜론을 찍느라 테이블에 그레이비 소스를 튀겼다. "둘 다 돌아갈 거라고 생각하는데, 그런 일은 안 일어나. 그 문은 이제 닫혔어. 고도의 로직에 고도의 위키드인 세상은 순수하지 않으면 못 간다고. 위키드 세계는 망칠 수 없는 사람을 원하지 않아."

"너희가 하는 말은 하나도 못 알아듣겠어." 낸시가 말했다. "로직? 난센스? 위키드? 그게 대체 무슨 뜻이야?"

"방향이야. 아니면 방향에 준하는 뭔가라고 할 수도 있겠지." 잭이 몸을 앞으로 내밀더니, 유리잔 밑에 동그랗게 남은 물기를 집게손가락으로 훑은 후에 그 물로 테이블 위에 교차선을 그렸다. "여기, 소위 '현실 세계'에는 북쪽, 남쪽, 동쪽, 서쪽이 있지. 그렇지? 이런 방향은 우리가 지금까지 목록화한 문 너머의 세계들 대부분에 적용되지 않아. 그래서 우린 다른 말을 쓰지. '난센스, 로직, 위키드, 버츄(각각 비논리/논리, 사악함/도덕적 정도로 이해할 수 있다. 이 방향들은 실제 선악이라기보다는 D&D 게임의 플레이어 성향과 비슷하다. 특히 위키드/버츄의 가치관에서 작가는 빅토리아 시대 여학교 분위기를 의도했다 – 옮긴이 주)'. 그보다 덜 중요한 하위 방향이

랄까, 어디론가 이어질 수도 있고 아닐 수도 있는 작은 가지들도 있기는 한데 이 넷이 제일 큰 가지야. 대개의 세상은 비논리 수준이 높거나 아니면 논리 수준이 높고, 거기서부터 근본적으로 어느 정도의 도덕적인 정도가 정해지게 돼. 놀랍도록 많은 난센스 세계가 도덕 수준도 높아. 살짝 심술궂은 정도를 넘는 악의를 가지려면 집중을 오래해야 하는데, 난센스 세계들은 그럴 수가 없나 보더라고."

질이 낸시를 곁눈질했다. "저 설명이 도움이 되긴 했니?"

"별로." 낸시는 말했다. "난 한 번도… 있지, 난 어렸을 때 《이상한 나라의 앨리스》를 읽었는데, 앨리스가 처음에 있던 곳으로 돌아갔을 때 어땠을지는 생각도 해 보지 않았어. 그냥 어깨를 으쓱하고 극복했을 줄 알았지. 그런데 난 그럴 수가 없어. 눈을 감을 때마다 내 진짜 방 안의 내 진짜 침대에 돌아가 있을 거라고, 이 모든 게 꿈이라고 생각해."

"이젠 집이 집이 아니지?" 질이 부드럽게 물었다. 낸시는 눈물을 참으려 눈을 깜박이면서 고개를 저었다. 질이 테이블 위로 팔을 뻗어 낸시의 손을 토닥였다. "나아질 거야. 절대 쉬워지지는 않지만, 조금 덜 아파지기는 해. 넌 얼마나 됐어?"

"두 달도 안 됐어." 망자의 군주가 낸시에게 확신을 얻어 와야 한다고 말한 후부터 7주하고도 4일이 지났다. 낸시의 방문이 열리더니 너무나 오래전에 떠났던 지하실로, 영원히 떠났다고 생각했던 집으로 오게 된 지 7주하고도 4일이 지났다. 낸시의 비명을 듣고 침입자라고 생각한 부모님이 쿵쾅거리며 계단을 내려와서는, 원하지도 않는 포옹을 퍼부으면서 네가 사라져서 얼마나 괴로웠는지 늘어놓은 지 7주하고도 4일이 지났다.

부모님 입장에서는 낸시가 사라진 지 6개월이 지나 있었다. 신화에서 저승에 간 페르세포네가 먹었던 석류 알 하나당 1개월씩이었던가. 낸시에게는 몇 년이 흘렀고, 부모님에게는 몇 달이 지나간 뒤였다. 부모님은 아직도 낸시가 머리를 염색한다고 생각했다. 아직도 낸시가 결국에는 그동안 어디에 있었는지 털어놓을 거라고 생각했다.

아직도 고집하는 생각이 많았다.

"나아질 거야." 질이 되풀이해서 말했다. "우리는 돌아와서 1년 반이 지났어. 하지만 우린 희망을 잃지 않아. 난 철분 함량을 높게 유지하고, 잭은 실험을 계속하고…."

잭은 아무 말도 하지 않았다. 그저 먹다 만 저녁 식사를 내버려 두고 일어나서 식탁 저편으로 걸어가 버렸다.

"대신 안 치워 줄 거야!" 스미가 입안에 음식을 가득 물고 외쳤다.

물론 결국에는 그들이 잭의 접시까지 치웠다. 사실상 다른 선택지가 없었다.

유유

상종

냰시의 부모님이 이 학교에 대해 말해 준 내용에 따르면, 필수로 받는 집단 상담이 큰 장점으로 여겨지는 모양이었다. 10대 딸을 이상한 구덩이에서 끄집어내려면, 비슷한 트라우마로 고통받는 사람들 사이에 앉힌 뒤 숙련된 전문가가 지켜보는 가운데 속을 털어놓게 하는 게 가장 좋은 방법 아니겠는가? 낸시는 움찔거리거나, 머리카락을 씹거나, 말없이 허공을 음울하게 바라보는 10대들에게 둘러싸여 푹신한 안락의자에 앉으면서, 대체 이 현실을 보면 부모님이 무슨 생각을 할까 궁금할 수밖에 없었다.

뒤이어 여덟 살 정도로 보이는 아이가 걸어 들어왔다.

중년의 사서처럼 길고 폭이 좁은 스커트와 하얀 블라우스를 입었는데, 둘 다 여덟 살짜리에게는 너무 나이 든

차림이었다. 머리도 빈틈없이 뒤로 틀어 올려 묶었다. 덕분에 어머니 옷장에서 골라 입은 어린아이 같아졌다. 낸시는 앉은 자세를 바로 했다. 학교 안내서에는 열두 살부터 열아홉 살까지, 조숙한 아이들과 따라잡으려면 조금 시간이 필요한 아이들을 모두 받아들인다고 적혀 있었다. 반면에 열 살 이하도 있다는 말은 없었다.

그 아이는 방 한가운데에 멈춰 서더니, 차례차례 모두를 돌아보았다. 꼼지락거리던 학생들이 하나씩 조용해졌다. 머리카락을 씹던 아이들이 씹기를 멈췄다. 털실로 정교한 실뜨기 놀이를 하던 스미마저도 손을 내리고 얌전히 앉았다. 아이가 미소지었다.

"그간 참석해 온 학생 여러분, 수요일 밤 상담에 온 것을 환영합니다. 오늘 밤에는 위키드 수준이 높은 세계의 방문자들과 경험을 나눌 예정이지만, 늘 그랬듯 토론은 모두에게 열려 있어요." 목소리는 몸과 어울렸지만, 말투는 나이 든 사람 같았다. 성인 여성 같은 리듬이었는데, 사춘기도 지나지 않은 성대로 그렇게 말하니 소리가 높고 이상하게 들렸다. 소녀는 낸시를 보면서 말을 이었다. "새로 참석한 학생을 위해서 말하자면 내 이름은 런디이고,

아동심리학을 전공한 뒤 정식으로 면허증을 받은 상담사예요. 내가 여러분의 회복 과정을 도울 겁니다."

낸시는 그 소녀를 빤히 쳐다보았다. 달리 어떻게 해야 할지 알 수 없었다.

런디가 남아 있는 의자로 걸어가는 사이, 케이드가 몸을 가까이 기울이더니 중얼거렸다. "우리와 동류야. 다만 런디는 고도로 로직이면서 고도로 위키드인 세계에 갔고, 거기선 열여덟 살 생일에 방문자들을 내쫓지. 런디는 떠나기 싫어서 그곳의 약제사에게 도와 달라고 했는데, 이게 그 결과야. 영원한 아동기."

"영원하지는 않아요, 브론슨 학생." 런디가 날카롭게 말했다. 케이드는 자세를 바로 하고, 미안하다는 듯 어깨를 으쓱이며 의자에 등을 기댔다. 런디는 한숨을 내쉬었다. "어차피 오리엔테이션에서 듣게 됐을 텐데요, 이름이…?"

"휘트먼입니다." 낸시가 말했다.

"휘트먼 학생." 런디가 말했다. "말한 대로 이런 이야기는 오리엔테이션에서 듣게 됐을 테지만, 난 영원히 아동기를 사는 게 아니에요. 나이를 거꾸로 먹을 뿐이죠. 한 달이 지나갈 때마다 일주일씩 어려진답니다. 난 아주, 아주 오래 살 거예요. 일반적인 방식으로 나이 먹을 때보다 더 오래 살지도 모르겠군요. 하지만 그래도 그곳은 날 쫓아냈어요. 내가 규칙을 어겼다는 이유로요. 난 결혼하지도 못하고, 가족을 만들지도 못할 것이며, 언젠가 나를 '고블린 마켓'으로 인도했던 문을 내 딸들이 찾아내는 일도 없을 거예요. 그래서 난 요정을 졸라서 거래를 하는 게 얼마나 위험한지 배웠고, 이제는 다른 사람들에게 경고를 전할 수 있게 됐죠. 어쨌거나 여전히 난 여러분의 상담사예요. 요새 인터넷으로 어떤 학위까지 딸 수 있는지 알면 놀라게 될걸요."

"죄송합니다." 낸시가 속삭였다.

런디는 한 손을 내저어 낸시의 사과를 일축하고 자리에 앉았다. "솔직히 그런 건 상관없어요. 결국엔 다들 알게 되니까요. 자. 제일 먼저 말하고 싶은 학생?"

낸시는 다른 학생들이 떠드는 동안 조용히 앉아 있었다. 모두가 말을 하지는 않았다. 나침반의 위키드 쪽 세계에 다녀온 학생은 절반이 조금 안 되는 모양이었다. 아니면 경험을 털어놓을 마음이 생긴 학생 수가 그 정도일 수도 있고. 질이 쌍둥이 자매와 같이 갔던 세계의 황야와 바람 부는 언덕들에 대해 열정적인 찬가를 읊은 반면, 잭은 불타는 풍차들과 실험실 화재 안전의 중요성에 대해서만 중얼거렸다.

머리카락이 밀밭에 내려앉은 달빛 색깔인 여자애 하나는 자기 손만 내려다보면서, 유리로 만들어진 탑에 키스하면 입술이 베였지만 마음은 친절하고 진실했던 소년들에 대해 이야기했다. 똑바로 보기 힘들 정도로 아름다운 한 여자애가 트로이의 헬레나(트로이 전쟁의 원인이 되었던 당대 최고의 미녀 – 옮긴이 주)에 대해 말했을 때는 방 안의 학생 절반이 웃음을 터뜨렸는데, 이야기가 재미있어서 웃는 건 아니었다. 그 여자애가 너무나 아름다운 나머지 그녀의 호감을 사고 싶어 안달이 난 때문이었다.

케이드는 못됐다느니 도덕적이라느니 하는 건 라벨에 불과하고 아무 의미도 없다는 짧고 신랄한 발언을 했다. 케이드가 갔던 세계는 모든 지도에서 버츄 쪽에 들어갔지만, 그래도 케이드가 소녀가 아니라 소년이라는 사실을 알자마자 내쫓았다면서.

마침내 정적이 내려앉았고, 낸시는 모두가 자신을 보고 있음을 알았다. 그녀는 의자에 몸을 움츠렸다. "제가 갔던 곳이 못된 곳인지 아닌지는 잘 모르겠어요. 저에겐 못됐다고 느껴지지 않았어요. 언제나… 근본적으로는 친절해 보였어요. 그래요, 규칙들이 있었고, 그래요, 규칙을 깨면 벌을 받았죠. 하지만 그런 벌이 부당할 때는 없었고, 망자의 군주께선 전당에서 일하는 모두를 잘 돌봐주셨어요. 전 그곳이 조금도 나쁘지 않았다고 생각해요."

"하지만 그걸 어떻게 확신하겠어?" 스미는 야유하는 말투로 말했지만 정작 목소리는 온화했다. "넌 위키드라는 말도 제대로 하지 못하잖아. 그 세계가 뼛속까지 사악해서 꿈틀거리는 벌레나 나쁜 것들로 가득한데 네가 못 봤을 수도 있지." 스미는 그러면서 마치 다른 쪽 반응을 확인하듯 질을 곁눈질했다. 질은 낸시만 보느라 그 사실을 알아차리지 못한 듯했다. "안에 든 게 마음에 안 든다는 이유만으로 문을 닫으면 안 돼."

"난 알아. 그냥 안다고." 낸시는 끈덕지게 말했다. "난 나쁜 곳에 가지 않았어. 집에 갔지."

"선과 악의 관점에서 이야기하기 시작하면 사람들이 잊어버리는 게 바로 그거야." 잭이 고개를 돌려 런디를 보면서 말했다. 그리고 안경을 바로잡으면서 말을 이었다. "

우리에게는 우리가 간 곳이 집이었어. 우린 그곳이 선하든 악하든 중립이든 상관없었지. 우리에겐 그저 살면서 처음으로 우리가 아닌 다른 존재인 척하지 않아도 된다는 사실만 중요했어. 그곳에서 우린 그저 있는 그대로 존재했어. 그것만으로 모든 게 달라졌고."

"그건 그렇다 치고, 오늘 저녁은 이 정도면 된 것 같군요." 런디가 일어섰다. 낸시는 상담을 진행하면서 어느 순간엔가 그 어린 소녀를 성인 여성으로 생각하게 되었음을 깨닫고 흠칫했다. 런디의 태도 때문이었다. 겉모습에 비해 너무 성숙했고, 얼굴은 너무 지쳐 보였다. "다들 고마워요. 휘트먼 학생, 내일 아침 오리엔테이션에서 봐요. 다른 모두는 내일 저녁에 봐요. 고도의 로직 세계에 갔던 사람들과 이야기를 나눠 보죠. 다른 사람들의 여행에 대해 배워야만 스스로의 여행을 제대로 이해할 수 있다는 점을 기억하세요."

"아아, 좋아라." 잭이 중얼거렸다. "이틀 밤 연속으로 막중한 자리에 앉다니 좋아 죽겠네."

런디는 그 말을 무시하고 차분하게 걸어 나갔다. 런디가 사라지자마자 엘리노어가 함박웃음을 지으며 문 앞에 나타났다.

“좋아, 귀염둥이들아. 착한 소년 소녀가 되어서 자러 갈 시간이구나.” 엘리노어는 손뼉을 쳤다. “다들 가 보렴. 좋은 꿈꾸고, 자면서 걷지는 말고, 아래층 식품 저장실에서 포털이 나타나길 시도하다가 한밤중에 날 깨우지는 말아다오. 그런 일은 일어나지 않으니까.”

학생들이 일어나서 흩어졌다. 몇 명은 짝을 지어 움직였고, 나머지는 혼자 걸어갔다. 스미는 창밖으로 나갔는데 아무도 그 문제에 대해 말하지 않았다.

방으로 돌아간 낸시는 방 안이 달빛에 물들어 고요하다는 사실에 기뻐했다. 입고 있던 옷을 벗고, 케이드가 준 옷더미에서 하얀 잠옷을 찾아 입고는 침대 이불 위에 반듯하게 누웠다. 눈을 감고, 호흡을 느리게 만든 후에 달고 움직임 없는 잠에 빠져들었다. 첫날이 끝났고, 아직 앞에는 미래가 있었다.

다음 날 아침에 런디와 진행한 오리엔테이션은 좋게 말해도 이상했다. 오리엔테이션은 예전에는 서재였다가, 지금은 칠판이 가득하고 분필 가루 냄새가 풍기는 작은 방에서 이루어졌다. 런디는 중앙에 서서 바퀴 달린 발판 사다리에 한 손을 얹고 있다가, 필요할 때마다 이 칠판에서 저 칠판으로 옮기고 사다리에 올라가서 복잡한 도표를 가리켰다. 그런데 당황스러울 정도로 자주 그랬다. 낸시는 그 방에 하나뿐인 의자에 꼼짝 않고 앉아서 내용을 따라잡으려 안간힘을 쓰느라 머리가 빙빙 도는 느낌이었다.

문 너머 세계의 주요 방향에 대한 런디의 설명은 솔직히 책의 설명보다도 도움이 되지 않았다. 훨씬 많은 도표가 나오는 데다가 한 번씩 '윔지(Whimsy; 엉뚱한)'나 '와일드(Wild; 무모한)' 같은 하위 방향에 대한 말도 불쑥 튀어나왔다. 낸시는 질문을 던지지 않으려고 혀를 깨물었다. 질문을 던졌다가 런디가 대답해 주려고 하면 머리가 정말 터져 버릴지도 모른다는 두려움이 심했다. 마침내 런디가 설명을 멈추고 기대하는 얼굴로 낸시를 보며 물었다.

"자, 질문 있나요, 휘트먼 학생?"

묻고 싶은 게 백만 가지는 있었다. 낸시가 묻고 싶지 않은 것들까지 포함해서, 그 질문 모두가 한꺼번에 튀어나오려고 했다. 낸시는 심호흡을 하고 나서 제일 쉬워 보이는 것부터 시작했다. "왜 남자애들보다 여자애들이 훨씬 많은 건가요?"

"그야 '남자애는 남자애'라는 말은 언제나 들어맞게 되어 있는 예언이기 때문이죠." 런디가 말했다. "대체로 남자애들은 엉뚱한 데 두고 잊거나 못 보고 넘어가기엔 너무 시끄러워요. 남자애들이 집에서 사라지면 부모들은 곧장 수색대를 보내서 늪에서 훑어 올리고 개구리 연못에서 끌고 나오죠. 타고난 성질은 아니고 배워서 그렇게 되는 거긴 해도, 그런 성질 때문에 남자애들은 문으로부터 보호받고 집에 안전하게 있게 된답니다. 아이러니라고 해도 좋겠지만, 남자애들이 정처 없이 헤매는 데까지 너무 많은 시간을 기다려야 하다 보니 그 애들에겐 기회가 없는 거예요. 우린 남자들이 조용하면 알아차리죠. 여자들은 조용하리라 믿고요."

"아." 낸시는 그렇게만 반응했다. 끔찍하긴 해도 이해가 갔다. 낸시가 알았던 남자애들은 대부분 시끄러운 존재였고, 부모와 친구들 모두 그런 시끄러움을 권장했다. 타고나기를 조용한 성품이라 해도 질책과 조롱을 피하기 위해 억지로 시끄럽게 굴었다. 그러니 요란한 경보음을 울리지 않고 낡은 옷장이나 토끼굴에 들어가서 조용히 사라지는 남자애들이 몇 명이나 되겠는가? 첫 번째 마법 거울에 도착하거나 첫 번째 금지된 탑을 오르기도 전에 눈에 띄어 집으로 끌려갔겠지.

"우리는 언제나 남학생들에게 열려 있답니다. 애초에 많이 있지 않을 뿐이에요."

"여기는 모두들… 모두들 돌아가고 싶어 하는 것 같은데요." 낸시는 멈칫하고 질문을 제대로 생각해 내기 위해 애쓰다가, 겨우 물었다. "어떻게 모두가 돌아가고 싶어 하는 거죠? 전 이런 일을 겪은 사람은 대부분 그냥 예전 인생으로 돌아가서 다른 삶을 알았다는 사실조차 잊고 싶어 할 줄 알았어요."

"당연한 얘기지만, 학교는 여기 하나가 아니에요." 런디는 낸시가 놀라는 모습을 보고 미소지었다. "왜요, 엘리노어 웨스트가 그림 속에 굴러 들어가서 마법의 세계를 발견한 아이들은 모조리 쓸어 올 수 있다고 생각했어요? 그런 일은 전 세계에서 일어나요. 범위도 범위지만, 언어 차이 때문만으로도 불가능한 일이죠. 북미에는 학교가 두 곳 있어요. 이 캠퍼스와 메인 주에 있는 자매 학교죠. 여행의 기억을 싫어하고, 극복할 방법을 배우려는 학생들은 그쪽에 있어요. 잊으려는 학생들은요."

"그러면 여기 있는 우리는… 뭘 하죠?" 낸시는 물었다. "붙들고 사는 방법을 배우나요? 엘리노어는 여전히 거울 속에 사는 것처럼 입던데요. 스미는…." 낸시는 스미를 뭐라고 말해야 할지 몰랐기에 말을 멈췄다.

"스미는 고도의 난센스 세계에서의 삶을 포용한 사람의 전형적인 사례죠." 런디가 말했다. "아무도 보고 있지 않을 때 휘트먼 학생이 숨을 멈추는 게 본인 탓이 아니듯, 스미가 그렇게 된 것도 본인 탓은 아니에요. 스미가 다시 바깥 세상을 직시할 준비가 되려면 많은 노력이 필요하고, 또 그러기를 스스로 원해야 해요. 어느 학교가 더 나은지 결정하는 건 바로 그 부분이에요. 뭘 원하는지요. 휘트먼 학생은 돌아가길 원하니까, 여행 중에 익힌 습관들을 유지하고 있죠. 여행이 끝났다고 인정하기보다는 그쪽이 나으니까요. 우리는 여러분에게 붙들고 사는 방법을 가르치지 않아요. 그렇다고 잊는 방법을 가르치지도 않아요. 살아가는 방법을 가르치죠."

물어야 할 질문이 하나 더 있었다. 그 전에 품은 모든 의문보다 더 크고 고통스러운 질문이었다. 낸시는 잠시 눈을 감고 정지 상태에 빠져들었다. 그러다가 이윽고 눈을 뜨고 물었다. "얼마나 많은 수가 돌아갔나요?"

런디는 한숨을 내쉬었다. "내가 오리엔테이션을 해 준 학생 모두가 그 질문을 했죠. 답은, 우리도 몰라요. 엘리노어나 나 같은 사람들은 몇 번이고 몇 번이고 돌아갔다가 결국 이쪽 아니면 저쪽 세계에 영원히 머물게 돼요. 또 어떤 사람들은 평생 한 번밖에 여행하지 않아요. 그런데 부모님이 학생을 여기에서 데리고 나가기로 하거나, 학생 본인이 학교를 떠나기를 선택한다면 우리에겐 그 학생이 어떻게 됐는지 알 방법이 없거든요. 나는 떠나왔던 곳으로 다시 돌아간 학생을 세 명 알아요. 두 명은 고도의 로직 세계였고, 둘 다 페어리랜드 계열이었어요. 세 번째는 고도의 난센스 세계였고요. 휘트먼 학생이 갔던 곳과 비슷한 언더월드였는데, 유감이지만 같은 곳은 아닐 거예요. 그 세계는 보름달에 특별한 거울을 통과해 들어가야 하는 곳이었죠. 우리가 잃은 여학생은 두 번째로 문이 열렸을 때 휴일을 보내러 집에 가 있었어요. 그 학생이 통과한 후에 학생의 어머니가 거울을 깨 버렸죠. 우린 나중에 가서야 그 어머니도 같은 세계에 갔었고 -그러니까 세대에 걸친 포털이었던 거죠- 딸에게 돌아오는 고통을 주지 않으려고 했다는 걸 알았어요."

"아." 낸시는 아주 작은 목소리로 말했다.

"휘트먼 학생, 학생은 이 세상에서 쭉 살게 될 가능성이 높아요. 모험의 기억이 지금보다 아득해지고, 그 이야기를 해도 조금 덜 아파지면 사람들에게 모험에 대해 말할 수도 있겠죠. 많은 우리 졸업생들이 경험을 털어놓으면 카타르시스도 느끼고 또 돈도 벌 수 있다는 사실을 알게 됐거든요. 사람들은 훌륭한 판타지를 참 좋아한답니다." 런디의 표정은 슬프지만 친절했다. 마치 불치병을 알리는 의사 같았다. "내가 여기 서서 문이 영영 닫혔다고 말하지 않는 이유는, 그 점을 확실히 알 방법이 없기 때문이에요. 하지만 처음부터 학생이 그곳에 갈 확률은 낮았고, 지금도 똑같이 확률이 낮다는 말은 해 줄게요. 번개는 같은 곳에 두 번 치지 않는다죠. 학생이 두 번째 문을 찾을 확률보다는 번개를 여러 번 맞을 확률이 훨씬 높답니다."

"아." 낸시는 다시 한번 그렇게만 말했다.

"유감이에요." 그러더니 런디는 우스꽝스러울 정도로

밝은 미소를 지었다. “우리 학교에 온 것을 환영해요, 휘트먼 학생. 우리가 학생이 나아지게 해 줄 수 있길 바랍니다.”

Every Heart a Doorway

2
거울상을 비추는 눈으로

하늘에

입 맞추는 번개

그 저택은 사람 수에 비해 컸기에, 빈방들과 소리 없는 공간들이 가득했다. 하지만 그 모든 곳이 거부당한 세상으로 돌아가는 길을 찾으려 했던 -그리고 실패한- 학생들의 유령을 품고 있는 것처럼 느껴졌기에, 낸시는 바깥으로 달아났다. 급하게 움직이기는 싫었지만, 태양이 너무 심하게 이글댔기에 팔로 눈을 가린 채 최대한 깊은 숲을 찾아 뛸 수밖에 없었다. 낸시는 반가운 숲 그늘에 몸을 던지고, 낙담만이 아니라 햇빛 때문에도 차오른 눈물을 밀어 넣으려 눈을 깜박였다. 그녀는 오래된 떡갈나무에 등을 대고 바닥에 주저앉아 무릎에 얼굴을 묻고는, 완벽하게 정지한 상태로 눈물을 흘렸다.

"아무래도 힘들지?" 질이었다. 부드럽고 애석해하는 목소리였으며, 고통스러운 이해가 가득 담겨 있었다. 낸시는 고개를 들었다. 곱고 섬세한 금발 소녀가 나무뿌리에 걸터앉아서, 호리호리한 몸에 꼭 맞는 연보라색 가운을 걸친 채, 왼쪽 어깨에 댄 양산으로 나뭇가지 사이를 뚫고 들어오는 햇살을 가리고 있었다. 오늘은 목에 두른 초커가 엘더베리 와인 같은 진한 자주색이었다.

"미안해." 낸시는 천천히 손을 움직여 눈물을 닦아 내며 말했다. "누가 있는 줄 몰랐어."

"여기가 제일 그늘진 곳이거든. 사실 좀 감탄했어. 난 여길 찾는 데 몇 주나 걸렸는데." 질의 미소는 상냥했다. "너에게 가라고 하려던 게 아니야. 그냥, 뭐랄까, 여기 있는 건 힘들지. 그것도 온통 햇살과 무지개가 가득한 파스텔빛 꿈속의 세상에 갔던 사람들에게 둘러싸여 있으니 말이야. 그 사람들은 우리를 이해하지 못해."

"음." 낸시는 질의 파스텔빛 가운을 슬쩍 보았다.

질이 웃음을 터뜨렸다. "내가 이런 옷을 입는 건 내가 어디에 있었는지 기억하고 싶어서가 아니야. 내가 파스텔빛 옷을 입으면 마스터가 좋아하셨기 때문에 입는 거야. 이런 색을 입으면 피가 더 잘 보이거든. 네가 하얀 옷을 입는 것도 그래서 아니니? 네 마스터가 그런 모습을 좋아하셔서?"

"난…." 낸시는 말을 하다가 멈췄다. "그분은 내 마스터가 아니었어. 내 왕이었고, 선생님이었고, 날 사랑하셨어. 내가 흑백으로 입는 건 다른 색채는 그림자의 귀부인과 그분의 수행원들만의 것이기 때문이야. 언젠가, 내가 스스로를 증명할 수 있다면 나도 그 수행단에 합류하고 싶지만, 그때까지는 조각상으로 봉사해야 하고, 조각상은 주위에 녹아들어야 하지. 눈에 띄려면 그만한 자격을 얻어야 해." 낸시는 머리에 묶은 석류빛 리본, 그녀가 자격을 얻은 단 한 조각의 색깔을 만지고 나서 물었다. "넌 마…마스터가 있었어?"

"응." 질의 미소는 양산에 막힌 햇빛을 대신하고도 남을 만큼 환했다. "마스터는 나한테 잘해주셨어. 만찬과 장신구를 베풀고 나보고 아름답다고 하셨지. 내 몸이 좋지 않을 때도 그랬어. 잭은 그 소중한 박사님과 내내 갇혀 지내면서 숙녀답지도 않고 적절하지도 않은 것들을 배웠지만, 난 마스터와 함께 높은 탑에 머물렀고 그분은 나에게 아름다운 것들을 정말 많이 가르쳐 주셨어. 아름답고 놀라운 것들을 정말 많이."

"여기로 돌아오게 되어서 안타까워." 낸시가 말했다.

질의 미소가 사그라들었다. 그녀는 낸시의 말을 일축하려는 듯 손을 팔락이며 말했다. "이런 상태가 영원하진 않을 거야. 마스터는 잭을 없애고 싶어 하셨어. 걔는 우리가 가진 것들을 누릴 자격이 없었거든. 그래서 마스터가 우리 세계로 돌아오는 문이 열리도록 준비하셨는데, 내가 발이 걸려서 잭 바로 뒤에 떨어진 거야. 마스터는 나를 위해서 다시 문을 열어 줄 방법을 찾으실 거야. 두고 보면 알아." 질은 일어서면서 양산을 빙그르르 돌렸다. "실례할게. 난 가 봐야겠어." 그러더니 질은 낸시에게 인사할 시간도 주지 않고 돌아서서 빠르게 걸어가 버렸다.

"바로 이래서 우리가 아담스 쌍둥이(1930년대부터 연재된 고딕 호러 만화《아담스 패밀리》에 빗댄 농담. 이 만화는 이후 드라마, 영화로 여러 차례 만들어졌다. 최근에는 넷플릭스의《웬즈데이》가 그 계보를 잇는다 – 옮긴이 주)를 일반 대중 사이에 내보내지 않는 거야." 낸시는 목소리를 듣고 위를 올려다보았다. 높은 가지에 앉아 있던 케이드가 냉소적인 얼굴로 손을 흔들었다. "안녕, 원더랜드에서 나온 낸시. 혼자 울 곳을 찾고 있었다면 형편없는 곳을 골랐어."

"누군가 여기 나와 있을 거라곤 생각 못 했어." 낸시는 말했다.

"그야 집에 있을 때는 다른 애들도 바깥으로 뛰쳐나오기보다는 자기 방에 숨는 편이었겠지. 안 그래?" 케이드는 책을 덮었다. "문제는, 네가 논리적인 선택을 하는 방법을 배우지 못한 사람들이 가득한 학교에 와 있다는 거야. 그래서 우리는 혼자 있고 싶을 때마다 제일 큰 나무와 제일 깊은 구덩이를 찾아 달려가고, 그런 곳은 한정되어 있다 보니 졸지에 많은 시간을 같이 보내게 되지. 운 걸 보니까 오리엔테이션이 잘되지 않은 모양인데. 어디 맞춰 볼까. 런디가 번개가 같은 곳에 두 번 칠 확률 이야기를 했겠군."

낸시는 고개를 끄덕였다. 말은 하지 않았다. 목소리가 제대로 나올 것 같지 않았다.

"런디 말도 일리는 있어. 네 세계가 널 쫓아냈다면."

"쫓아내지 않았어." 낸시는 항의했다. 걱정과 달리 아직 말은 할 수 있었다. 꼭 그래야만 한다면. "난 교훈을 배우라고 돌려보내졌을 뿐이야. 돌아갈 거야."

케이드는 동정 어린 눈으로 바라볼 뿐, 반박하지 않았

다. 반박하는 대신 자기 이야기를 했다. "'프리즘'은 절대로 날 다시 받아 주지 않을 거야. 가망 없는 정도가 아니라, 절대로 없을 일이지. 난 그들이 원하는 존재가 아니었던 시점에서 그들의 규칙을 어겼고, 그 서커스를 운영하는 사람들은 규칙에 대해 아주 까다롭거든. 하지만 엘리노어는 여러 번 다시 갔어. 그 문은 아직도 열려 있고."

"어떻게… 아니, 내 말은 왜…." 낸시는 고개를 저었다. "엘리노어는 왜 그만둔 거야? 문이 아직 열려 있다면, 왜 자기가 *있어야* 할 곳에 있지 않고 우리와 같이 *여기에* 있지?"

케이드는 다리를 빙 돌려서 두 다리를 나뭇가지 한쪽으로 모은 다음, 나무에서 뚝 떨어져 손쉽게 낸시 앞에 착지했다. 그는 몸을 펴면서 말했다. "오래전 일이었고, 엘리노어의 부모님도 아직 살아 계실 때였어. 엘리노어는 다 가질 수 있다고 생각했지. 왔다 갔다 하면서, 아버지의 마음을 찢어 놓지 않고 이곳의 집에서 최대한 많은 시간을 보낸 거야. 하지만 아무리 그곳에서 컸다 해도 어른은 난센스 세계에서 잘 살지 못한다는 사실을 까먹었지. 엘리노어는 여기로 돌아올 때마다 조금씩 나이를 먹었어.

그러다가 어느 날 그리로 돌아갔더니 망가질 뻔했지. 그게 어떤 일이었을지 상상이나 가? 집에 데려다줄 문을 열었는데, 더는 그곳의 공기로 호흡할 수가 없다는 사실을 알게 된 거야."

"끔찍하네." 낸시가 말했다.

"끔찍했을 거야." 케이드는 낸시 맞은편에 주저앉아서 다리를 접었다. "물론 이미 난센스에서 시간을 많이 보냈기 때문에 변해 버린 상태이기도 했어. 엘리노어의 노화는 느려졌지. 아마 그래서 그렇게 오랫동안 계속 오갈 수 있기도 했을 거야. 지난번에 같이 시내에 나갔을 때 잭이 기록을 확인했는데, 엘리노어는 거의 백 살이 다 됐어. 난 언제나 60대쯤이라고 생각했는데 말이야. 내가 그 문제에 대해 물어봤더니 뭐랬는지 알아?"

"뭔데?" 낸시는 그 이야기에 매력을 느끼는 동시에 섬뜩해하면서 물었다. 혹시 언더월드도 낸시의 머리카락만이 아닌 뭔가를 더 바꿔 놓았을까? 혹시 그녀도 주위 모든 것이 시들고 죽어 가는 동안 변함없이 영생을 살게 될까?

"엘리노어는 그저 자기 어머니와 아버지가 그랬던 것

처럼 노망나기를 기다리고 있을 뿐이래. 정신이 충분히 오락가락하게 되면 다시 난센스를 견딜 수 있을 테니까. 엘리노어는 자기가 왜 돌아가지 않는지 잊어버릴 때까지만 이 학교를 운영할 거고, 그때가 되어 돌아가면 그곳에서 계속 살 수 있을 거야." 케이드는 고개를 절레절레 저었다. "그걸 천재적이라고 해야 할지, 미쳤다고 해야 할지 모르겠어."

"둘 다일지도 모르겠네." 낸시는 말했다. "나도 집에 가기 위해서라면 뭐든 할 거야."

"여기 학생들 대부분이 그래." 케이드는 씁쓸하게 말했다.

낸시는 머뭇거리다가 말했다. "런디가 돌아가고 싶어 하지 않는 사람들을 위한 자매 학교도 있다고 했어. 잊어버리고 싶어 하는 사람들을 위한 학교. 넌 왜 거기가 아니라 여기에 입학한 거야? 그쪽이 더 행복할 수도 있는데."

"하지만 말이지, 난 잊고 싶지 않아." 케이드는 말했다. "나는 틈새 아이야. 난 세상 무엇보다도 프리즘을 기억하고 싶어. 그곳의 공기가 어떤 맛이었는지, 음악은 어떻게 들렸는지 기억하고 싶어. 거기선 모두가 이렇게 생긴 멋진 피리를 불었거든. 어린아이들도 다 불었지. 두 살쯤이면 배우기 시작했는데, 그게 또 하나의 소통 방법이었어. 피리를 내려놓지 않고도 모든 대화를 할 수 있었어. 난 그곳에서 성장했어. 아무리 거기서 쫓겨나서 모든 걸 다시 해야 했다 해도 그래. 난 그곳에서 내가 누구인지 알게 됐어. 난 양배추색 머리카락에 나방의 날개색 눈을 가진 여자애에게 키스했고, 그 여자애도 마주 키스했는데 굉장한 순간이었지. 돌아갈 수 없다고 해서 나에게 일어난 일을 한순간이라도 잊고 싶다는 뜻은 아니야. 프리즘에 가지 않았다면 난 지금의 나와 다른 사람일 거야."

"아." 낸시는 그렇게만 반응했다. 물론 이해가 가는 말이었다. 단지 그런 각도로 생각해 보지 않았을 뿐이다. 낸시는 고개를 저었다. "이건 전부 내가 생각했던 것보다 훨씬 복잡해."

"그러게 말이야, 공주님." 케이드는 일어서서 손을 내밀었다. "가자. 학교까지 안내해 줄게."

낸시는 머뭇거리다가 손을 올려 그 손을 잡고, 케이드가 끌어올리는 대로 일어섰다. "알았어." 낸시가 말했다.

"넌 웃을 때 예뻐." 케이드는 낸시를 데리고 본관으로 돌아가면서 말했다. 낸시는 대답할 말을 생각해 낼 수가 없었기에, 아예 아무 말도 하지 않았다.

필수 과목들은 놀라울 정도로 따분했고, 시내에서 차를 몰고 온 어른들과 런디와 엘리노어가 뒤섞여서 가르쳤다. 낸시는 분명히 정부에서 요구하는 내용을 보여 주는 도표가 있고, 그에 따라 모두가 균형 잡힌 식사 같은 교육을 받고 있다고 느꼈다.

선택 과목은 약간 나았는데, 음악, 미술, 그리고 '거대한 나침반 여행자의 역사'라는 수업이 있었다. 낸시가 추측하기로는 다양한 포털 세계들과 그 세계들 간의 관계를 다룰 듯했다. 낸시는 망설이면서 선택지를 고려해 보고 신청을 했다. 혹시 그 강의에 낸시가 갔던 언더월드가 어디에 있는지를 더 알려 줄 내용이 있을지도 몰랐다.

소규모로 인쇄 제본한 교과서의 도입부 몇 챕터를 읽고 나서도 여전히 혼란스러웠다. 가장 흔한 방향은 난센스와 로직이었는데, 난센스는 보통 버츄와 짝을 이루고 로직은 보통 위키드과 짝을 이뤘다. 스미의 정신 없는 세계는 고도의 난센스였다. 케이드의 프리즘은 고도의 로직이었다. 그 둘을 기준으로 삼은 낸시는 자신의 언더월드는 로직이었을 가능성이 높다고 판단했다. 일관된 규칙들이 있었고 그 규칙을 따라야 했기 때문이다. 하지만 어째서 망자의 군주가 지배한다는 이유만으로 사악하다 여겨져야 하는지는 이해할 수가 없었다. 그곳은 오히려 도덕적이었다. 첫 수업은 이틀 후에 잡혀 있었다. 기다리기엔 너무 긴 시간이었다. 순식간이었다.

하루가 끝날 무렵 낸시는 지칠 대로 지쳤고, 머릿속은 적정 용량을 훨씬 넘어서는 내용을 쑤셔 넣은 것 같았다. 수학과 역사 같은 평범한 내용들과 동시에 다른 학생들과 대화하기 위해 익혀야 하는 점점 늘어나는 어휘들로 빙빙 돌았다. 갈색 머리를 땋아 늘이고 두꺼운 안경을 쓴 수줍은 많은 여자애 하나는 자기 세상이 나침반의 하위 방향 두 개가 결합된 곳에 있다고 고백했는데, 고도로 '라임(Rhyme; 운율, 시적)'이면서 고도로 '리니어리티(Linearity; 선형적)'이라고 했다. 낸시는 어떻게 대꾸해야 할지 몰랐기에 아무 말도 하지 않았다. 가면 갈수록 입 다물고 있는 게 제일 안전한 선택지 같았다.

낸시가 방 안으로 미끄러져 들어갔을 때, 스미는 침대

에 앉아서 밝은 색깔 리본 조각을 머리에 땋아 넣고 있었다. "포도주 신의 잔치에 간 박새처럼 지쳤네, 꼬마 유령?" 스미가 물었다.

"그게 무슨 뜻인지 모르겠으니까, 곧이곧대로 들으라는 줄 알게. 맞아. 굉장히 지쳤어. 난 잘 거야."

"엘리-엘리노어가 네가 지쳤을지 모르겠다고 생각하더라. 새로 온 애들은 늘 그렇거든. 그래서 오늘 밤은 집단상담 건너뛰어도 되는데, 습관 삼으면 안 된대. 말을 하는 게 치유 과정에서 중요한 부분이라나. 말, 말, 말." 스미는 코에 주름을 잡았다. "엘리-엘리노어가 나더러 이렇게 많은 말을 기억하라고, 그것도 순서대로 기억하라고 했어. 다 널 위해서. 넌 전혀 난센스가 아니야, 그렇지, 유령? 난센스라면 이렇게 많은 말을 듣고 싶어 하지 않을 거야."

"미안하게 됐어. 난 한 번도 내가… 네가 갔던 곳과 비슷한 데서 왔다는 말은 안 했어."

"추측이야말로 모든 것의 끝장일 거야. 그리고 넌 엘리가 나에게 들이민 룸메이트 대부분보다 나아. 널 유지하도록 하겠어." 스미는 피곤한 듯이 말하더니 일어서서 문 쪽으로 걸어갔다. "잘 자라, 유령. 아침에 보자."

"잠깐만!" 낸시는 원래 대화할 생각이 없었다. 말이 달아나는 송아지처럼 저절로 튀어나왔다. 그 생각을 하니 섬뜩했다. 그녀의 움직이지 않는 성격이 무너지고 있었고, 이 끔찍한 움직이는 세상에 너무 오래 있다간 다시는 집으로 돌아갈 수 없을 것만 같았다.

스미가 돌아서서 낸시를 보고 고개를 살짝 기울였다. "이번엔 뭘 원해?"

"난 그냥 알고 싶…그냥 궁금해서… 넌 몇 살이야?"

"아." 스미는 몸을 다시 돌리고 문까지 마저 걸어갔다. 그리고 복도를 보면서 말했다. "보기보다는 나이가 많고, 원래 먹어야 할 나이보단 어려. 내 피부는 풀지 못할 수수께끼이고, 내가 사랑하는 모든 것을 포기한다 해도 답을 알 수 없을 거야. 혹시 네가 묻는 게 이거라면, 내게 주어진 기회의 창은 닫히고 있어. 매일 깨어날 때마다 좀 더 선형적이 되고, 좀 덜 길 잃은 상태가 되다가, 어느 날엔가는 '난 정말 매력적인 꿈을 꿨더랬지'라는 말을 진심으로 하는 여자가 될 거야. 내가 발견되는 과정에서 무엇을 잃고 있는지 알 만큼은 많은 나이지. 알고 싶었던 게 그거야?"

"아니." 낸시가 말했다.

"저런, 안타깝네." 스미가 말하더니 밖으로 나가서 문을 닫았다.

낸시는 혼자 옷을 벗었다. 모든 옷을 바닥에 떨구고, 방에 하나 있는 은거울 앞에 벌거벗은 몸으로 섰다. 피부에 닿는 전기 불빛이 눈에 거슬렸다. 그녀는 스위치를 눌러 끄고, 거울에 비친 제 모습이 대리석 덩어리로 변하고, 단단하고 완강한 돌이 되는 모습에 미소지었다. 그렇게 한 시간 가까이 정지 상태로 서 있고 나서야 겨우 잘 수 있다는 기분이 되어, 여전히 벌거벗은 채로 이불 속에 미끄러져 들어갔다.

그리고 햇빛과 비명이 가득한 방에서 깨어났다.

비명은 망자의 전당에서도 드물지 않았다. 비명의 의미를 해독하는 기술도 있었다. 쾌락의 비명, 고통의 비명, 무정한 영원함을 마주하고 느끼는 순수한 지루함에서 나오는 비명. 지금 들리는 건 공포와 당황에서 나오는 비명이었다. 낸시는 즉시 침대에서 빠져나가 침대 발치에 버려져 있던 잠옷을 움켜잡고 머리에 뒤집어썼다. 완전히 드러내 놓은 몸으로 위험할지 모르는 곳에 뛰어들고 싶지는 않았다. 사실은 어디로도 뛰고 싶지 않았지만, 비명이 계속 들리니 움직이는 게 적절할 것 같았다.

스미의 침대는 비어 있었다. 낸시는 뛰어가면서 비명을 지르는 사람이 스미일 수도 있다는 생각을 했다가, 바로 떨쳐 냈다. 스미는 비명을 지를 사람이 아니었다. 다른 사람들이 비명을 지르게 만들면 만들었지.

여자애 여섯 명이 복도에 모여서 플란넬과 실크로 공고한 벽을 치고 있었다. 낸시는 그 사이로 비집고 들어갔다가 딱 멈춰서 얼어붙었다. 이런 상황만 아니었다면 뿌듯했을 만큼 완벽한 극도의 정지 상태였다. 하지만 상황이 상황이다 보니 제대로 된 정지 상태라기보다는 뱀을 보고 얼어붙은 토끼가 된 기분이었다.

비명이 들린 이유가 스미였다는 것만은 분명했다. 스미는 눈을 감은 채 벽 아래쪽에 축 늘어져 있었다. 숨을 쉬지 않았고, 가만히 있는 법 없이 계속 움직이던 민첩한 두 손은 손목 아래가 잘려 나가 없었다. 이제 다시는 매듭을 묶지도, 털실로 실뜨기를 하지도 못할 것이다. 누군가가 그럴 능력을 빼앗아 갔다. 누군가가 스미의 모든 것을 빼앗았다.

"아." 낸시가 속삭였고, 그 소리는 고요한 연못에 떨어진 돌멩이 같았다. 작지만, 퍼져 가면서 모든 것을 건드리는 잔물결을 일으킨다는 점에서 그랬다. 여자애 하나가 홱 돌아서더니 엘리노어 교장을 부르며 뛰어갔다. 또 한 명은 울면서 벽에 등을 대더니 바닥까지 무너져 내려서, 꼭 스미의 잔인한 패러디처럼 보였다. 낸시는 일어나라고 하려다가 참기로 했다. 그녀가 죽음 앞의 슬픔에 대해 뭘 안단 말인가? 그녀가 만나 본 죽은 사람들은 모두 쾌활하기만 했고 자기들에게 더는 물질적인 육체가 없다는 사실에 많이 불편해하지도 않았다. 어쩌면 스미는 언더월드에 가서 망자의 군주에게 낸시가 아직도 확신을 얻으려고 하고 있다고, 그러니까 돌아올 수 있을 거라고 말할 수 있을지 몰랐다. 그러면 군주께서 기뻐하시겠지. 낸시는 노력하고 있다는 말 정도는 들으리라 확신했다.

그러다 뒤늦게 낸시는 이 상황이 의심스러워 보일 수도 있다는 사실을 깨달았다. 그녀가 언더월드에서 온 지 얼마 안 됐는데 룸메이트가 죽다니. 사람들이 낸시가 산 사람보다 죽은 사람을 더 좋아한다고 여기거나, 엘리노어가 둘이 서로를 죽이네 마네 했던 말이 진심 어린 경고였다고 여길지도 몰랐다. 하지만 낸시는 스미를 건드리지도 않았기에, 그 문제를 걱정하지 않기로 했다. 그것보다 걱정할 문제는 많았다. 이를테면 좀전에 뛰어갔던 여자애와 런디를 양쪽에 거느리고 서둘러 복도를 걸어오는 엘리노어라거나. 런디는 머리카락에 컬 핀을 한 채 할머니 같은 플란넬 잠옷을 입고 있었다. 그 모습이 우스꽝스러워 보여야 할 텐데, 이상하게 슬퍼 보이기만 했다.

여자애들이 갈라져서 엘리노어를 통과시켰다. 그녀는 스미에게서 몇 걸음 떨어진 곳에 걸음을 멈추더니, 한 손으로 입을 막고 눈물을 글썽였다. "아, 가엾은 내 아이." 그녀는 중얼거리더니 무릎을 꿇고 스미의 목 옆쪽에 손가락을 댔다. 형식상의 절차였다. 분명히 죽은 지 몇 시간은 지난 모습이었다. "누가 너에게 이런 짓을 했니? 대체 누가 너에게 이런 짓을 할 수가 있어?"

낸시는 몇 명이 고개를 돌려 자신을 쳐다보는데도 놀라지 않았다. 낸시는 새로 왔고, 죽음의 손길이 닿은 여자애였다. 그녀는 굳이 결백을 호소하지 않았다. 그저 두 손을 들어 올려 얼룩 한 점 없는 창백한 피부를 보여 줄 뿐이었다. 공용 욕실에서 피를 그렇게 깨끗하게 닦아 낼 방법은 없었고, 눈에 띄지 않았을 리도 없었다. 아무리 한밤중이라 해도 손톱에 낀 피를 닦아 내려고 박박 문지르고 있었다면 관심을 끌었을 테고, 다 씻어 내지도 못했을 것이다.

"가엾은 낸시는 내버려 두렴. 낸시가 한 짓이 아니야." 엘리노어가 말했다. 그녀가 눈물을 닦고 팔을 내밀자, 런디가 부축해 일으켰다. "언더월드의 딸이라면 그 텅 빈 전당에 들어갈 자격을 얻어 내지 못한 사람을 죽이지 않을 거다. 그렇지 않니, 낸시? 언젠가는 살인자가 될 수도 있겠지만, 안 지 이틀밖에 안 된 사람을 죽일 리는 없어." 엘리노어의 목소리는 슬픔이 짙게 깔려 있으면서도 완벽하게 사무적이었다. 마치 언젠가는 낸시가 친구들을 밀 이삭처럼 베어내리라 생각하긴 해도 딱히 걱정은 되지 않는다는 듯한 투였다.

현 시점에서는 낸시도 그런 걱정을 하지 않았다. 그녀는 런디가 어딘가에서 —아마 침구 보관장이었으리라. 이렇게 큰 집이라면 침구 보관장이 따로 있을 테니까— 시트를 한 장 가져와서 스미의 시신을 덮는 모습을 멍하니 지켜보았다. 덮자마자 스미의 잘려 나간 손목에서 흐른 피가 천을 물들였지만, 그래도 머리에 리본을 땋아 넣은 움직임 없는 여자애의 모습을 보기보다는 조금 나았다.

"무슨 일이야?"

낸시는 옆을 보았다. 잭이 옆에 와 있었는데, 셔츠 칼라를 열고 나비넥타이는 묶지 않은 채 왼쪽에 늘어뜨린 모습이었다. 옷을 입다가 나온 듯했다. "무슨 일인지 모른다면 왜 나온 거야?" 낸시는 말하고 나서야 잭의 방이 어디인지 모른다는 사실을 떠올리고 덧붙였다. "이 복도에 방이 있다면 모르지만."

"아니야. 질과 나는 지하실에서 자. 모든 요소를 고려할 때 우리에겐 거기가 더 편하거든." 잭은 안경을 바로잡더니 가늘게 뜬 눈으로 시트에 묻은 붉은 얼룩을 보았다. "저건 피잖아. 시트 밑에 누가 있어?"

라임(운율)과 리니어리티(선형성)의 세계에서 왔다던 갈색의 땋은 머리 여자애가 돌아서서 잭을 노려보았다. 그 시선에는 낸시가 저도 모르게 한 발자국 물러설 정도로 순수한 증오가 깃들어 있었다. "모르는 척하지 마, 살인자." 여자애가 내뱉듯 말했다. "네가 한 짓이지, 안 그래? 앤젤라의 기니피그도 딱 이렇게 됐어. 넌 손과 메스를 가만히 두질 못해."

"문화적인 혼란이었다고 말했을 텐데." 잭이 말했다. "기니피그가 공용 공간에 있길래, 원하는 사람은 누구든 쓸 수 있다고 생각했다고."

"그건 반려동물이었어." 여자애가 쏘아붙였다.

잭은 어쩔 수 없다는 듯 어깨를 으쓱였다. "내가 되살려 놓겠다고 제안했는데 앤젤라가 거절했어."

"신입." 케이드의 목소리였다. 낸시가 돌아보자 케이드는 그녀의 방 쪽을 고갯짓으로 가리켰다. "아담스 쌍둥이를 데려가서 방 구경이라도 시켜 주지 그래? 다른 한 명은 여기 나타나서 말썽 일으키기 전에 내가 막을게."

"횃불을 든 성난 폭도를 또 겪지 않을 수만 있다면 뭐든 좋아." 잭이 낸시의 손을 잡으며 말했다. "네 방 보여 줘."

부탁이라기보다는 명령 같았다. 낸시는 항의하지 않았다. 상황상 부탁을 하려면 제대로 하라고 하는 것보다는, 잭을 아이들 눈앞에서 치우고, 그래서 가능하다면 생각도 덜 하게 하는 것이 훨씬 중요해 보였다. 낸시는 몸을 돌리고, 서둘러 나오느라 아직 열려 있던 방문으로 잭을 끌고 들어갔다.

잭은 안으로 들어가자마자 낸시의 손을 놓더니, 주머니에서 손수건을 꺼내어 손가락을 닦았다. 낸시의 놀란 표정을 보자 뺨을 붉혔다. "믿기 어려울지도 모르지만, 여행을 하고 아무 탈 없이 빠져나온 사람은 아무도 없어. 나라고 해도 그래." 잭은 말했다. "난 자연계와 자연계의 수많은 경이에 다소 *지나치게* 눈을 떴다고 해야겠지. 그런 경이 중에 많은 것들이 내 몸의 피부를 녹여 없애려고 해. 소름 끼치는 연구실에다 요상한 와이어에 죽은 시체들을 걸어 놓는 사람들 있지? 그런 사람들이 보통 장갑을 끼는 데엔 이유가 있어."

"난 사실 아직도 너희가 여행한 세상이 어떤 곳인지 잘 모르겠어." 낸시는 말했다. "스미의 세상은 사탕만 가득하고 앞뒤는 전혀 안 맞는 곳이었고, 케이드는 전쟁이나 뭐 그런 걸 하러 갔는데, 네가 말하는 세상과 질이 말하는 세상은 같은 곳 같지가 않아."

"그건 우리가 같은 곳에 있긴 했어도 경험한 세상은 전혀 달라서야." 잭이 말했다. "우리 부모님은 뭐랄까… '고압적'이라고 해야 하나, 그랬어. 언제나 모든 물건을 상자에 정리해 두고 싶어 하는 타입이었지. 아마 우리가 일란성 쌍둥이라는 사실을 우리보다 더 싫어했을 거야."

"하지만 너희 이름은…."

잭은 손수건을 다시 주머니에 쑤셔 넣으면서 커다랗게 어깨를 으쓱였다. "부모님이 아무리 당황했다 해도 우리 인생을 산지옥으로 만들 기회를 놓칠 정도는 아니었어. 부모들이란 그런 방면으로는 대단하다니까. 무슨 이유에선지 그 사람들은 이란성 쌍둥이를 기대했는데, 아마 완벽한 핵가족의 모범답게 아들 하나 딸 하나를 원했던가 봐. 그런데 태어난 건 우리였지. 혹시 일란성 쌍둥이 자식 중에 어느 쪽이 '똑똑한 애'고 어느 쪽이 '예쁜 애'인지 결정하려 드는 완벽주의자 한 쌍 본 적 있어? 그 사람들이 따내려던 상품이 우리 인생만 아니었다면 재미있었을 거야."

낸시는 얼굴을 찌푸렸다. "둘이 똑같이 생겼는데, 어떻게 둘 다 예쁘다고 하는 게 아니라 질만 예쁜 애라고 생각할 수가 있어?"

"아, 질은 예쁜 애가 아니었어. 질은 똑똑한 애가 되어야 했고, 거기에 맞게 실현해야 할 기대치와 기준들이 있었지. 예쁜 애는 나였어." 잭의 미소는 짧고 비딱하며 비틀려 있었다. "우리가 둘 다 레고를 사 달라고 하면, 질은 과학자와 공룡을 받고 나는 꽃집을 받았어. 둘 다 신발을 사 달라고 하면, 질은 운동화를 받고 나는 발레 슈즈를 받았지. 물론 우리에게 물어보는 법은 없었어. 그냥 우리가 어렸을 때 내 머리가 더 빗기 쉬웠고, 짜잔, 역할이 정해진 거야. 아마 그날 질의 머리카락에 잼이 묻었거나 그랬을 테지. 우린 그 역할에서 달아날 수 없었어. 어느 날 낡은 트렁크를 열었다가 그 안에서 계단을 발견하기 전까지는."

잭의 목소리가 아득해졌다. 낸시는 완벽하게 정지한 상태에 들어갔다. 말을 하지도 않고, 거의 숨도 쉬지도 않았다. 이 이야기를 듣고 싶다면 절대 끊지 말아야 했다. 잭이 벽을 노려보는 모습에서 어쩐지 기회가 단 한 번밖에 없음을 알 수 있었다.

"물론 우린 그곳에 있을 수 없는 신비로운 계단을 내려갔어. 트렁크 바닥에 있는 불가능한 계단을 내려가지 않을 사람이 누가 있겠어? 우린 열두 살이었어. 호기심은 많고, 부모에게 화가 났고, 서로에게도 화가 나 있었지." 잭은 빠르고 맹렬하게 손을 휙휙 움직여서 나비넥타이를 묶었다. "우리는 아래로 내려갔어. 계단 밑에는 문이 하나 있었고 그 문에는 표지판이 있었어. 딱 한 마디. '확신하라'. 무엇에 대한 확신? 우린 열두 살이었고, 아무것도 확신하지 못했어. 그래서 우린 그 문을 통과했어. 그랬더니 산맥과 파도치는 바다 사이에 끝없이 펼쳐진 무어스(moors, 주로 히스와 잡초가 많이 나는 건조한 고지대 황무지. 잭과 질이 여행한 세계 이름으로도 사용된다 – 옮긴이 주) 같은 곳으로 나갔지. 그 하늘이라니! 그렇게 많은 별도, 그렇게 붉디붉은 달도 본 적이 없었어. 등 뒤에서 문이 쾅 닫혔지. 우린 돌아가고 싶어도 돌아갈 수 없었고, 사실 돌아가고 싶지도 않았어. 우린 열두 살이었다니까. 아마 죽을 거라고 해도 모험에 나섰을 거야."

"그랬어?" 낸시가 물었다. "내 말은, 모험을 했냐고."

"물론이지." 잭은 암울하게 대답했다. "심지어 그 모험은 우릴 죽이지도 않았어. 어쨌든 영영 죽이지는 않았지. 그래도 모든 것을 바꿔 놓긴 했어. 난 마침내 똑똑한 애가 됐어. 블리크 박사님은 나에게 인체에 대해 아는 모든 것을 가르쳤어. 세포를 재결합시켜서 되살리는 방법까지다. 박사님이 평생 둔 제자 중에서 내가 가장 뛰어나다고 했어. 내가 놀랍도록 재능있는 손을 가졌다고 했어." 잭은 자기 손가락을 새삼스럽게 보았다. "질은 다른 방향으로 갔어. 우리가 간 세상은, 뭐랄까… 봉건 사회에 가까워서, 마을과 황야와 보호 지역들로 나뉘고 각각을 지배하는 마스터가 있었지. 우리 구역 마스터는 몇 백 살 된 흡혈귀였고, 어린 소녀들을 좋아했어. 아니, 그런 식은 아니고! 부적절한 방식으로는 말고. 블리크 박사님조차도 마스터에겐 어린아이였고, 마스터는 아이들을 그런 식으로 생각하는 남자가 아니었어. 하지만 살자면 피가 필요하긴 했지. 그분은 질에게 수많은 약속을 했어. 언젠가는 자기 딸이 되어서 같이 지배할 수 있다고 했어. 그래서 우리를 돌보는 게 그렇게 중요했나 봐. 마을 사람들이 성으로 행진해 왔을 때, 나는 질을 실험실로 데려 왔어. 블리크 박사님은… 박사님은 우리가 거기 있는 건 너무 위험하다고 말하고 문을 열었지. 우리 둘 다 떠나고 싶지 않았지만, 난 그래야 한다는 걸 이해했어. 나는 무슨 일이 있어도 과학자로 남아서 언젠가는 박사님에게 돌아갈 길을 찾겠다고 약속했어. 질은… 질은 그 문을 통과하기 전에 박사님이 진정제를 놓아야 했어. 우린 예전의 낡은 트렁크 안에 돌아와 있었고, 뚜껑은 반쯤 닫혔고, 계단은 사라진 채였어. 난 그 후 계속 돌아갈 길을 여는 공식을 찾고 있어."

"아." 낸시는 숨죽여 말했다.

잭은 다시 한번 비틀린 미소를 지었다. "미치광이 과학자의 제자로 5년을 지내고 나면 세상을 보는 관점이 달라지거든. 난 케이드가 사춘기를 두 번이나 겪어야 했다는 사실을 싫어한다는 걸 알아. 케이드는 불공평한 일이라고 생각하는데, 나도 그랬을 거라고 생각해. 성별 불쾌감은 일종의 고문이야. 하지만 난 우리도 케이드처럼 원래 나이로 돌아왔다면 좋았을 것 같아. 우린 그 트렁크에 들어갔을 때 열두 살이었어. 나왔을 때는 열일곱 살이었고. 차라리 우리가 똑같은 꿈을 꾸고 깨어나서 곧바로 중학교에 던져졌다면, 우리도 이 멍청하고 다채롭고 편협한 세계에 적응할 수 있었을지 몰라. 그런데 우리가 비틀비틀 계단을 내려갔더니 부모님이 네 살짜리 남동생과 저녁을 먹고 있었고, 그 애는 평생 우리가 죽었다는 말을 듣고 살았더라. 실종된 게 아니라. 실종은 *지저분했을* 테니까. 우린 절대로 *지저분한* 꼴을 만들면 안 됐거든."

"여기 온 지는 얼마나 된 거야?" 낸시가 물었다.

"1년이 다 됐어." 잭이 말했다. "친애해 마지않는 엄마 아빠가 우리가 집에 온 지 한 달도 지나기 전에 버스에 실어서 기숙 학교로 보냈지. 하늘에서 내려온 번개 뱀이 아름다운 시체에 충격을 줘서 산 사람들의 땅으로 되돌린다는 둥의 미친 이야기를 지껄이지 않는, 그런 소중한 아들과 우리를 같은 지붕 아래 둘 수가 없어서 말이야." 잭의 눈이 꿈꾸듯 몽롱해졌다. "여기와는 규칙이 다른 것 같긴 해. 다 과학이긴 했지만, 그 과학은 마법적이었거든. 무슨 일을 할 수 있는지 없는지 따위는 신경 쓰지 않는 세상이었어. *해야* 하는지 아닌지만 중요했고, 그런 질문의 답은 언제나, 언제나 '*그렇다*'였지."

문 두드리는 소리가 들렸다. 낸시와 잭 둘 다 고개를 돌렸더니 케이드가 문 안으로 고개를 들이밀었다.

"모여 있던 애들은 거의 흩어졌는데, 이건 물어봐야겠다. 잭, 네가 스미를 죽였어?"

"날 의심하는 건 불쾌하지 않지만, 내가 손 두 개 때문에 죽일 거라고 생각한다면 불쾌하군." 잭은 코를 훌쩍이며 어깨를 폈다. 갑자기 오만해 보였고, 낸시는 잭의 거만한 태도가 상당 부분 세상을 좀 더 멀리 두기 위한 속임

수라는 사실을 깨달았다. "내가 스미를 죽였다면 시체가 발견되는 일은 없었을 거야. 모든 부위를 잘 써먹었을 거고, 사람들은 스미가 결국 캔디랜드로 돌아가는 문을 여는 데 성공한 걸까 몇 년이고 궁금해했겠지. 안타깝게도 난 죽이지 않았어."

"스미는 캔디랜드가 아니라 '컨펙션(Confection; 당과)'이라고 불렀지만, 무슨 말인지는 알겠어." 케이드가 방 안으로 들어왔다. "우리가 모두 진정하기를 기다리는 사이에 세라피나와 로리엘이 질을 어딘가로 데려갔어. 엘리노어가 시 검시관을 부르는 동안 우린 눈에 띄지 않고 각자의 방에 있어야 해."

낸시는 몸이 굳었다. "이제 우린 어떻게 되는 거지? 우리를 보내 버리진 않겠지, 설마?" 집에 돌아갈 순 없었다. 부모님이 그녀를 사랑하는 건 분명했지만, 그들의 사랑이란 낸시의 가방에 색깔 있는 옷을 가득 집어넣고 동네 남자애들과 계속 데이트를 하라고 시키는 종류의 사랑이었다. 그들의 애정은 낸시를 고치고 싶어 했고, 낸시가 망가지지 않았다는 사실을 거부했다.

"엘리노어는 여기에서 오래 살았어." 케이드가 말하고

문을 닫았다. "스미의 보호자는 엘리노어였으니까 부모님이 얽히진 않을 테고, 이 지역 당국도 뭐가 중요한지 알아. 이 사건 때문에 학교가 닫히지는 않도록 최선을 다 할 거야."

"아예 전화를 안 했다면 더 나았을 텐데." 잭이 코를 킁킁거렸다. "죽었다고 신고하지 않으면 그냥 실종이 되는 거잖아."

"말이지, 바로 그런 태도 때문에 너에게 친구가 별로 없는 거야." 케이드가 말했다.

"하지만 스미는 그 몇 없는 친구였어." 잭은 방에서 스미가 쓰던 쪽을 돌아보았다. "가족이 없다면, 스미의 소지품은 어떻게 해야 하지?"

"다락에 수납 공간 있어." 케이드가 말했다.

"그러면 상자에 싸자." 낸시가 단호하게 말했다. "상자는 어디에서 가져올 수 있어?"

"지하실." 잭이 말했다.

"내가 같이 갈게." 케이드가 말했다. "낸시, 넌 여기 있어. 혹시 누가 물어보거든, 우리가 바로 돌아온다고 해."

"알았어." 낸시는 두 사람이 나가는 사이에 몸을 정지시켰다. 기다리는 것 말고는 할 일이 없었다. 정지 상태에는 평화가, 뜨겁고 빠른 데다가 종종 끔찍하기도 한 이 세상의 다른 어디에서도 찾을 수 없는 고요함이 있었다. 낸시는 눈을 감고 발가락을 향해 숨을 내쉬며, 오직 정지 상태에만 몰입하려 했다. 자꾸 스미의 모습이 떠올라서 집중을 깨뜨리는 바람에, 무릎을 떨지 않고 손가락을 그대로 두기가 어려웠다. 낸시는 그 심상을 몰아내고 계속 호흡하면서 고요함을 찾으려 했다.

낸시가 여전히 고요함을 찾지 못하고 헤매고 있을 때 두 사람이 돌아왔고, 문이 벌컥 열리면서 케이드가 선언했다. "우린 세상을 상자에 넣을 준비가 됐어!"

낸시는 눈을 뜨고 어찌어찌 미소를 끌어내어 케이드를 보았다. "좋아, 작업에 착수하자."

스미의 물건들은 스미 본인처럼 혼란스럽게 뒤얽혀 있었다. 물건이 침대와 서랍장 주위에 쌓인 방식에는 어떤 규칙도 이유도 없었다. 캔디 만들기에 대한 책 한 무더기가 스포츠 브래지어로 묶여 있었다. 트럼프 카드를 접어서 만든 장미 꽃다발이 침대 밑에 쑤셔 박혀 있고, 그 옆에는 스미가 한 번도 입지 않은 것 같은 프릴 달린 파란 드레스와 상미 기한을 한 달은 넘긴 로스트비프 샌드위치가 있었다. 더럽거나 생물학적으로 미심쩍은 물건은 장갑부터 끼고 작업에 착수한 잭이 불평 없이 전부 처리했다. 잭의 결벽은 맨살이 닿을 때만 발휘되는 모양이었다. 케이드는 스미의 옷을 정리하고, 모두 깔끔하게 개어 상자에 집어넣었다. 낸시는 그 옷들 전부 커다란 공용 옷장 안에 다시 들어가리라 생각했다. 상관없었다. 스미도 다른 사람이 자기 옷을 입는다고 싫어하진 않을 것이다. 아마 살아 있을 때라 해도 신경 쓰지 않았을 텐데, 죽고 없는 지금은 더더욱 반대할 리 없었다.

낸시는 나머지, 그러니까 쓰레기도 아니고 옷도 아닌 물건들을 맡았다. 침대 밑에서 종이접기용 색종이와 자수 실이 담긴 상자를 여러 개 -스미는 언제나 손재주가 좋았던 모양이다- 파내어 한쪽에 밀어 놓고, 계속 아래를 확인했다. 탐색의 손길이 구두 상자를 하나 찾아냈다. 낸시는 그 상자를 끌어낸 뒤 앉아서 뚜껑을 열었다. 사진이 바닥에 흩어졌다. 몇 장에는 알고 지낸 그 짧은 시간 동안 익숙해진, 짝이 맞지 않는 옷을 입고 땋은 머리가 헝클어진 스미가 담겼다. 또 몇 장에는 교복을 입은 진지하고 슬픈 눈의 소녀가 담겼는데, 바이올린을 들고 있을 때도 있고 빈손일 때도 있었다. 정지한 사진만 보아도 이 소녀는 눈에 띄지 않고 조각상이 되는 미덕을 이해했을 것이 분명했지만, 그게 낸시처럼 정지 상태를 선택해서는 아니었다. 그런 얌전함을 강요당하다가, 어느 날 갑자기 행복한 세상으로 데려가 줄 수 있는 문을 발견했으리라.

낸시는 스미의 손녀딸이 옥수수사탕 농부의 무덤에 찾아갈 날은 영영 오지 않으리라는 사실을 깨달았고, 그 생각을 하자 어찌할 수 없는 상실을 두고 울지 않으려고 애쓰던 모든 노력이 허사가 됐다. 스미가 망자의 전당에 갈 수도 있고, 그곳에서 행복할 수도 있겠지만, 그녀가 산 사람들의 세상에서 했던 모든 일은 이제 사라졌다. 심장이 고동을 멈추면서 모두 다 불가능해졌다. 죽음은 소중했다. 그렇다고 삶이 제한되어 있다는 사실이 달라지진 않았다.

"불쌍한 녀석." 케이드가 몸을 기울이더니 낸시의 움직임 없는 손가락에서 사진을 가져가 잠시 바라보다가 셔츠 안에 꽂았다. "여기에서 가지고 나가자. 스미도 없는데 이런 걸 볼 필요는 없어."

"고마워." 낸시의 말은 그 사진을 보기 전에 생각했던 것보다 훨씬 진심이었다. 스미는 죽었고, 그건 불공평했다.

셋이 같이 일했더니 스미의 소지품을 모조리 다락으로 옮기고, 상자들을 쓰이지 않는 선반과 먼지투성이 모서리에 다 쑤셔 넣는 데 한 시간도 걸리지 않았다. 그나저나 모서리가 보통 있는 숫자보다 많은 것 같기는 했다. 작업이 끝나자 잭은 장갑을 벗고 새 손수건으로 손가락을 꼼꼼하게 닦았다. 케이드는 셔츠 주머니에서 사진을 꺼내어 게시판에 붙였다. 그 옆에는 낸시가 알던 모습대로 반짝이는 눈에 그보다 더 반짝이는 미소를 지으며, 마치 움직이다가 사진에 담긴 것처럼 두 손이 살짝 흐릿해진 스미의 사진이 있었다.

"괜찮다면 오늘 밤엔 내가 너와 같이 있을게." 케이드가 말했다. "그 방에서 너 혼자 자는 건 안전할 것 같지 않아."

"난 네가 좋아하든 말든 오늘 밤에 같이 있지 않을 거야." 잭이 말했다. "그 방에는 햇빛이 너무 많이 들고, 질은 내가 없으면 몽유병으로 돌아다니거든."

"질을 혼자 두면 안 되지." 케이드가 말했다. "조심해, 알

왔지? 누군가 탓할 사람을 찾는 애들이 많은데, 네가 학교에서 제일 희생양으로 삼기 좋아."

"난 언제나 뭔가에 최고가 되고 싶었어." 잭이 철학적으로 말했다.

"잘됐네." 케이드가 말했다. "런디에게 시간 엄수에 대한 잔소리를 듣기 전에, 지금은 교실까지 가는 데 최고가 되어 보자고."

그들은 줄줄이 다락방에서 나왔다. 낸시는 게시판에 붙은 스미의 사진들을, 너무나 조용하고, 너무나 정지한 모습을 돌아보았다. 그러고는 불을 끄고 문을 닫았다.

당분간의

생존자들

오전 수업은 다 취소됐다가, 점심 식사 이후에 재개되었다. 서두르는 감도 있었지만, 불안하고 초조해진 학생들이 가득한 학교에선 달리 할 일이 없었다. 학생들이 스미가 살해당한 여파 속에서 괜히 돌아다니다가 죽도록 겁에 질리는 일을 막으려면 틀에 박힌 일과가 필요했다. 그렇다 해도 긴장이 감도는 일과이기는 했다. 학생들은 숙제를 잊어버렸고, 칠판에 적힌 질문들은 대답을 받지 못했으며, 교사들조차도 다른 곳에 있고 싶어 하는 티가 났다. 누군가가 죽은 후에 일상으로 돌아가기란 결코 쉽지 않았다. 그런데 심지어 잔혹하게 살해당했다면 오죽할까.

저녁 식사는 더 심했다. 낸시가 잭과 질과 마주 앉아 있는데 갈색 머리를 땋아 늘인 여자애가 걸어오더니, 잭의 머리에 수프를 엎었다. "어머나." 그러더니 심드렁하게 말했다. "손이 미끄러졌네."

잭은 수프가 이마를 타고 코로 흘러내리는 가운데 움직임 없이 뻣뻣하게 앉아 있었다. 질이 숨을 들이켜며 벌떡 일어났다. "로리엘!" 질이 날카롭게 외치자, 그 목소리를 듣고 식당에서 이어지던 모든 대화가 뚝 끊겼다. "어떻게 이럴 수가 있어?"

"우연이야." 로리엘은 말했다. "네 쌍둥이 자매가 '우연히' 앤젤라의 기니피그를 토막 내고, '우연히' 스미를 살해한 것처럼 말이지. 결국엔 잡힐 텐데, 자백을 하면 모든 일이 더 빨리 진행되지 않을까?"

"로리엘이 엎기 전에 그 그릇에 대고 재채기도 했는데 어떡하니." 같이 있던 여자애가 걱정하는 척하는 표정으로 잭에게 말했다. "네가 알고 싶을 것 같아서."

잭이 몸을 떨었다. 그러더니 여전히 수프를 뚝뚝 떨어뜨리면서 벌떡 일어나 문으로 달려갔고, 질도 뒤따라 갔다. 학생들 절반이 웃음을 터뜨렸다. 나머지 절반은 소리 없이 만족한 얼굴로 둘이 사라진 쪽을 응시했다. 잭을 비참하게 만들기만 한다면 무슨 일이든 용납한다는 눈치였다. 이미 또래 아이들은 잭을 재판하고 유죄 판결도 내렸다. 이제는 법이 따라잡기만 기다릴 뿐.

"너희는 끔찍해." 누군가의 목소리가 말했다. 낸시는 그 말을 한 게 자신이라는 사실을 깨닫고도 많이 놀라지 않았다. 그녀는 포도와 코티지치즈로 이루어진 저녁 식사를 거의 건드리지도 않은 채로 놓아두고, 의자를 밀고 일어서서 두 여자애를 노려보았다. "너흰 정말 끔찍해. 우리가 같은 문을 통과하지 않아서 *다행이다*. 여행자들에게 예의도 가르치지 않는 세상에 갔다면 정말 싫었을 테니까."

낸시는 돌아서서 고개를 높이 들고 걸어 나갔고, 떨어진 수프 자국을 따라 복도를 걸어 지하실 계단 앞까지 갔다.

"느리게 걸으면서 빨리 움직이네. 어떻게 하는 거야?" 지하실 계단 위에서 낸시를 따라잡은 케이드가 물었다. 그는 낸시의 시선을 따라 어둠 속을 내려다보았다. "저기가 아담스 쌍둥이가 사는 곳이야. 한동안 네 방에 살다가, 지하실에 살던 남자애가 졸업하고 나서 옮겼지."

"걔도 같은 세계에 갔었어?"

"아니. 걔는 두더지인이 사는 곳에 갔었어. 아마 자기가 햇빛과 목욕을 좋아한다는 사실을 깨닫고 돌아갈 생각을 버렸을 거야.”

“아.” 낸시는 머뭇거리며 계단을 하나 내려갔다. “잭은 괜찮을까?”

“잭은 지저분해지는 걸 싫어해. 지하엔 걔네 둘만 쓰는 욕실이 있어. 집단 상담이 끝나기 전에 다 씻고 살짝 섬뜩한 상태를 완벽하게 회복할걸.” 케이드는 고개를 내저었다. “이것보다 더 나빠지진 않길 바랄 뿐이야. 잭도 수프 정도야 처리할 수 있고, 원래 미친 과학자 밑에서 일했으니 동네 사람들의 분노쯤은 일과에 포함되어 있어. 하지만 애들이 폭력적이 되면 잭이 맞서 싸울 텐데, 그러면 애초에 잭을 비난한 게 옳았다는 증명만 되겠지.”

“이건 너무해.” 낸시가 말했다. “내가 여기에 가라는 부모님 결정에 따른 건, 웨스트 선생님이 나에게 일어난 일을 이해하고 어떻게 살아갈지 익히도록 도울 수 있다고 했기 때문이야.”

“그리고 무슨 일이었는지 이해하면 다시 돌아갈 수도 있다는 희망을 품어서였겠지.” 케이드가 말했다. 낸시는 아무 말도 하지 않았다. 케이드는 씁쓸하게 웃었다. “이

봐, 괜찮아. 나도 이해해. 우리들 대부분은 우리의 의지로 다시 문을 열 수 있길 바라고 여기 온 거야. 적어도 처음에는 그래. 그런 바람이 사라지는 경우도 있고, 문이 돌아오는 경우도 있지. 아니면 우리가 모국의 추방자라는 사실을 받아들이고 사는 법을 배워야 할 경우도 있고."

"그럴 수가 없다면?" 낸시는 물었다. "그때는 어떻게 되는데?"

케이드는 한참 동안 말이 없다가, 어깨를 으쓱였다. "아마 학교를 열겠지. 우리가 세상에서 제일 원하는 것, 바로 희망을 여전히 품고 있는 사람들을 위해서."

"스미는 '희망'이 나쁜 말이라고 했어."

"스미 생각도 틀리진 않았어. 이제 가자. 말썽에 휘말리기 전에 집단 상담 가야지."

그들은 조용히 복도를 걸었고, 주위에 있는 어느 방에서도 움직이는 사람을 보지 못했다. 함께 뭉쳐 있어야만 안전하다는 생각이 기이할 정도로 빠르게 뿌리내린 모양이었다. 낸시는 저도 모르게 케이드와 보폭을 맞추고, 다리가 더 긴 소년의 걸음을 따라잡느라 서둘렀다. 서두르는 것을 좋아하지는 않았다. 보기도 흉하고, 집에서 – 아니, 언더월드에서라면 야단을 맞았을 것이다. 그러나 이 곳에서는 서두를 필요가 있는 데다 서두름이 권장되기까지 했고, 죄책감을 느낄 이유도 없었다. 낸시는 그 생각을 유지하려고 애쓰면서 케이드와 함께 집단 상담이 열리는 방에 들어섰다.

모두가 몸을 돌려 두 사람을 보았다. 로리엘은 대놓고 코웃음을 쳤다. "그 쬐끄만 살인자는 지하실에서 못 꺼냈나 봐?"

"그만하면 됐어요, 영거스 학생." 런디가 날카롭게 말했다. "이미 누가 스미를 해쳤는지에 대한 추측은 그만두기로 했을 텐데요."

'성을 부르지도 않고 경칭을 붙이지도 않고 스미라고만 부르네.' 낸시는 생각했다. '이건 옳지 않아. 죽은 사람은 산 사람보다 더 품위 있게 대해야 해. 망자가 가진 것이라곤 품위뿐이야.' 그러나 굳이 그 말을 하지는 않고, 빈 의자에 가서 앉기만 했다. 케이드가 옆자리에 앉아서 다행이었다.

로리엘은 전보다 더 째려보았다. 아무래도 케이드가 아름답다고 생각하는 사람은 낸시만이 아닌 것 같았다. 케이드의 아름다움을 로맨틱한 감정 없이 심미적으로 바라보는 사람은 낸시 혼자라고 장담할 수 있을 테지만.

"그러자는 건 선생님 생각이고요." 로리엘이 말했다. "나머지 우리들은 겁에 질렸어요. 누가 스미를 그렇게 죽였겠어요? 죽인 다음엔 시신까지 훼손하고? 구역질 나요. 우리에겐 무슨 일이 벌어지고 있는지 알고 싶어 할 권리가 있다고요. 안전을 지킬 방법도요!"

"지저분해진 현장을 보면, 상처에서 피를 흘렸다고 보는 게 타당해. 시체에서는 그렇게 피가 많이 흐르지 않거든." 잭이 말했다. 모두가 새로 씻고 깨끗한 옷차림으로 들어오는 쌍둥이를 돌아보았다. 잭은 하얀색 긴소매 셔츠에 손목까지 단추를 채우고 트위드 조끼를 입어서, 그 어느 때보다도 옛날 교수님 같은 모습이었다. 질은 크림색 가운을 입었는데, 낸시가 보기엔 집단 상담 시간보다는 잠옷에 더 어울렸다. "누가 죽였는지는 몰라도 과학자는 아니었어."

"무슨 뜻이야?" 몇 안 되는 남자애 하나가 물었다. 키가 큰 라티노 소년이었는데, 손가락 사이에 척골처럼 깎은 긴 나뭇조각을 끼워서 빙빙 돌리고 있었다. 낸시는 그 소년을 보고 이상한 친근감을 느꼈다. 어쩌면 그 애도 낸시의 언더월드처럼 그림자와 비밀과 안전이 가득한 곳에 다녀왔을지 몰랐다. 낸시가 정지 상태와 망자에 대한 존중을 이야기해도 이해할지 몰랐다.

하지만 지금은 그럴 때가 아니었다. 잭은 그 질문을 받고 오만하게, 그리고 너무나 차분하게 콧방귀를 뀌었다. "너희들과 마찬가지로 나도 그 시신을 봤어. 몇 명이 내가 범인이라는 판단을 내렸다는 걸 알아. 내가 유죄라고 믿는 사람들은 아마 다른 말을 들어도 믿으려 하지 않겠지. 하지만 너희가 아는 나를 생각해 봐. 내가 동급생을 차근차근 죽이기로 마음먹었다면, 시신을 남겨 뒀을까?"

뼈를 든 소년이 한쪽 눈썹을 올렸다. "일리 있는 지적인데."

"일리 있는 지적을 한다고 살인자가 아니라고 할 순 없어." 로리엘이 말했지만, 그 목소리에 열기는 없었다. 로리엘의 비난은 현실과 맞닥뜨렸고, 달리 갈 곳을 잃었다. 그녀는 팔짱을 끼고 의자에 구부정하게 등을 기댔다. "난 계속 지켜볼 거야."

"잘됐군요." 런디가 말했다. "지금은 우리 모두가 서로를 지켜보아야 해요. 우린 누가 스미를 해쳤는지 몰라요. 엘리노어가 당국과 협조하고 있으니 곧 더 많은 것을 알게 될 테지만, 그동안에는 우리끼리 조심해야 해요. 아무도 혼자 다니지 말아요. 뭐죠, 영거스 학생?"

모두의 관심이 그리로 돌아가자 로리엘이 손을 내리고 물었다. "살인자가 잡히기 전에 누가 문을 발견한다면요? 어디든 혼자 가면 안 된다는 이유만으로 누굴 같이 데려갈 수는 없잖아요. 전 이 일 때문에 포털을 놓칠 생각이 없어요. 절대 안 되죠."

"같이 있는 동안에 누군가가 문을 찾는다면, 문을 찾은 사람은 떠나고 뒤에 남은 사람은 다른 동행을 찾자는 데 모두 동의할 것 같군요." 런디가 신중하고 정확하게 말했다. 낸시는 런디가 그 누구도 문을 찾을 거라고 생각하지 않는다는 사실을 알아차리고 움찔했다. 런디는 그게 조만간에는 없을, 어쩌면 영원히 없을 일이라고 생각했다. 런디는 그들에 대해 포기했다. 말투나 단어를 고르는 모습을 보면 분명했다. 그게 이해가 되기도 했다. 여기 일이 어떻게 되든 간에 그녀의 문은 닫혔으니까. 런디는 이 세상에서 살다가 죽을 거라는 사실에 적응해야 했다.

"세 명씩 같이 다니도록 해 봐." 뼈를 쥔 소년이 말했다. "그렇게 못하겠으면 문을 찾지 않도록 해 보고."

학생 몇 명이 웃음을 터뜨렸다. 몇 명은 고통스러운 얼굴을 했다. 로리엘은 후자에 속했다.

"우리에게 영거스 학생의 문에 대해 말해 주겠어요?" 런디가 권했다.

"저도 그 문을 못 보고 지나칠 뻔했었죠." 로리엘의 목소리가 아련해졌다. "정말 작았거든요. 현관 등 아래 상인방에 완벽한 작은 문이 새겨져 있었어요. 나방이 드나드는 문처럼요. 전 그게 뭔지 보고 싶었을 뿐이에요. 그래서 문에 아주 가까이 올라가서 새끼손가락 끝으로 똑똑 두드렸죠. 그 순간 세상이 온통 일그러지면서 이상해지더니, 전 문 안쪽 복도에 서서 말도 안 되게 큰 현관을 돌아보고 있었어요. 제가 통과한 게 아니에요. 문이 절 끌어당긴 거지. '웹월드'는 그렇게 간절하게 절 원했어요."

로리엘의 이야기는 거미 공주들과 작디작은 왕조들이 나오는 장대하고 끝없이 뻗어 나가는 서사시였다. 로리엘의 눈은 언제나 날카로웠지만, 작디작은 이들을 섬기며 1년을 보내고 나니 너무 날카로워져서, 고통스러울 만큼 확대된 세상을 보지 않으려면 카니발 유리로 만든 렌즈를 써야 했다. 로리엘은 싸웠고 이겼으며, 사랑했고 상실도 했다. 그러다가 먼지의 여왕이 로리엘에게 그 땅의 공주가 되어 영원토록 머물러 달라고 했다.

"전 더 바랄 게 없는 일이지만, 받아들이기 전에 우선 집에 가서 부모님에게 말해야 한다고 했죠." 로리엘은 훌쩍이며 말했다. 사랑했던 말벌 왕자의 죽음을 이야기할 때쯤 떨어지기 시작한 눈물이 한동안 계속 흐를 것 같았다. "여왕님은 문을 다시 찾기는 힘들 거라고 했어요. 평생 그 어느 때보다도 더 열심히 찾아야 할 거라고 했죠. 전 할 수 있다고 대답했어요. 그게 벌써 2년 전이에요. 사방을 찾았는데, 아직 제 문을 보지 못했어요."

"어떤 문은 딱 한 번만 열려요." 런디가 말했다. 여기저기에서 동의하는 중얼거림이 들렸다. 낸시는 얼굴을 찌푸리며 의자에 몸을 묻었다. 모두의 과거를 이런 식으로 들춰내고, 덜덜 떠는 사람을 바닥에 못 박아 놓고서 그런 말을 하다니 잔인했다. 로리엘도 지금쯤이면 작디작은 문을 다시 통과해서 그 작은 세상으로 돌아갈 일은 없다는 사실을 알 터였다. 혼자서도 그 정도는 깨달을 정도로 똑똑했다. 그런데 굳이 그 사실을 언급할 이유가 있을까?

여기가 자기들의 여행을 받아들이고 좋은 마음으로 기억하려는 사람들을 위한 학교라면, 또 하나의 학교는 어떨지 알고 싶지도 않았다.

"여왕님이 저보고 다시 갈 수 있다고 했어요." 로리엘이 말했다. "약속했다고요. 여왕들은 약속을 지켜요. 제가 더 잘 살펴보기만 하면 돼요. 문만 찾으면 떠날 거예요."

"부모님은요? 부모님은 이 필연적인 가출에 대비하고 있나요?"

로리엘은 코웃음을 쳤다. "제가 그분들에겐 12일, 저에겐 1년 동안 어디에 있었는지 말했더니 분명히 무슨 트라우마를 입은 거라고, 믿을 수 없다고 하더군요. 여기에도 미친 소리를 그만하라고 보낸 거예요. 하지만 전 아무 문제도 없어요. 여행을 갔을 뿐이에요. 그게 다예요."

"심지어 기록되어 있는 세상으로 여행했지." 엘리노어였다. 문간에 서 있었는데, 피로 때문에 입가와 눈가의 약한 피부에 새로운 주름이 생겼다. 하루 만에 10년은 더 나이를 먹은 모습이었다. "내가 여러분들을 찾아다니기 시작했을 때, 웹월드에 끌려 들어갔던 아이들이 다섯 명이 있었어. 두 명은 집에 왔다가 돌아갈 길을 찾았지. 그러니까, 희망은 있단다. 로리엘에게나, 우리 모두에게나. 우리의 문이 숨겨져 있기는 하지만, 잘 찾아보면 찾을 수 있어."

"엘리노어." 런디가 일어섰다. "쉬셔야죠."

"휴식이라면 일평생 버틸 만큼 쉬었고, 나머지 할 일을 위해서는 일평생이면 충분해." 엘리노어가 문 안으로 들어오자 학생 몇 명이 일어나더니 빈 의자까지 부축했다. 그녀는 웃으면서 학생들의 뺨을 토닥였다. "착하구나, 모두들. 그래, 런디 너도 착해. 너희 모두가 나에게는 아이들이고, 난 너희들의 선생님이야. 너희에게 거짓말할 마음이 없는 유일한 선생이지. 그러니 잘 들으렴. 너희는 알아서 잘 혼란스러워하고 속상해하고 있는 것 같으니 말이야."

"너희 모두가 문을 다시 찾지는 못할 거야. 어떤 문은 정말로 단 한 번밖에 나타나지 않고, 우리가 예측할 수도 없고 다시 만들어 낼 수도 없는 기묘한 수렴 현상의 결과로만 나타나지. 문은 필요와 공감에 이끌리거든. 감정이 아니라, 하나가 다른 하나에게 공명한다는 의미의 공감 말이야. 너희 모두가 너희한테 잘 맞는 세상에 끌려간 데엔 이유가 있어. 잠시만 너희가 옆에 있는 친구가 설명했던 세상에 떨어졌다고 상상해 보렴."

냅시는 잭과 질을 흘긋 보고는, 언더월드가 아니라 그들이 간 곳으로 갔다면 삶이 어땠을지 불편하게 상상했다. 무어스라는 곳은 정지 상태에는 신경 쓰지 않고, 복종과 피만 요구했던 것 같았다. 둘 다 낸시에게 잘 맞지는 않았다. 사방에 앉은 다른 학생들도 똑같이 불편한 시선을 주고받으며, 각자 상상을 해 보고 낸시만큼이나 불쾌한 결론에 이르렀다.

"스미의 심장엔 난센스가 깃들어 있었어. 그래서 스미에게 열린 문은 난센스를 숨기지 않고 자랑스럽게 받아들일 수 있는 세상으로 데려갔지. 그게 스미의 진짜 사연이란다. 자유롭게 살 수 있는 곳을 찾았다는 것. 너희도 그래. 너희 모두가 그래." 엘리노어는 턱을 들어 올렸다. 두 눈은 맑았다. "너희는 잠시나마 자유를 찾았고, 그걸 잃어버리자 다시 찾을 수 있다는 희망을 품고 이리로 왔지. 나도 너희 모두에게 같은 희망을 품는단다. 너희가 사라지면 너희 부모님에게 변명을 늘어놓고, 가출 청소년이란 기회만 오면 다시 달아나는 법이라고 말하고 싶구나. 너희의 뒷모습을 보고 싶다는 마음이 세상에서 두 번째로 커."

왜 두 번째인지는 말할 필요도 없었다. 엘리노어의 간절한 바람, 엘리노어의 지독한 욕망을 모두가 공유했다. 엘리노어가 제일 원하는 것은 자신의 문이었고, 그 문 너머에서 기다리는 세상이었다. 하지만 다른 사람들과 달리 그녀는 어디에 그 문이 있는지 알고 있었다. 단지 한동안만, 그녀가 어린 시절로 돌아갈 방법을 찾을 때까지만 닫혀 있을 뿐.

나무 뼈를 쥔 소년이 손을 들었다. "엘리노어 선생님?"

"그래, 크리스토퍼?"

"우리 문은 다 사라졌는데, 왜 선생님 문은 남아 있죠?" 크리스토퍼는 입술을 깨물고 덧붙였다. "그런 식으로 작동하다니 불공평해요. 우리도 돌아갈 수 있어야 해요."

"웨스트 선생님의 문처럼 지속적인 문은 일시적인 문보다 드물어요." 익숙한 분야로 돌아온 런디가 말했다. "문을 통과한 아이들은 대부분 돌아오지 않습니다. 첫 여행에서든, 잠시 원래 세계에 돌아왔다가 다시 가든 간에요. 그러니 몇 개의 기록이 있기는 하지만, 학생이 필요로 하는 이야기에 어울리는 지속적인 문을 찾을 확률은 낮아요."

"그러면 그, 나니아(C.S.루이스가 쓴 7권짜리 판타지 연대기 - 옮긴이 주)는요?" 크리스토퍼가 물었다. "그 아이들은 온갖 다른 문을 통과하는데, 매번 말하는 큰 사자가 있는 세상으로 돌아가잖아요."

"그거야 나니아는 판타지 시리즈인 척하는 기독교 우화였으니까 그렇지, 멍청아." 다른 남자애 하나가 말했다. "C.S.루이스는 어떤 문도 통과한 적이 없어. 어떻게 작동하는지도 몰랐고. 그냥 이야기를 하나 만들고 싶었는데, 아마 우리 같은 애들에 대해 물어보고 지어냈겠지. 그런 작가들은 그러잖아. 작가들이 아무렇게나 지어내면 사람들이 유명하게 만들어 주지. 우리가 사실대로 말하면 부모님이 예쁘게 꾸민 이 미치광이 수용소에 처넣는데 말이야."

"여기에선 그런 말을 쓰지 않아." 엘리노어의 목소리엔 강철같은 단호함이 있었다. "여긴 정신병원이 아니고, 너희는 미치지 않았어. 그리고 미쳤다면 또 어때? 이 세상은 아주 조금이라도 정상에서 벗어났다고 여기는 사람들에게 무정하고 잔인하단다. 다른 사람은 몰라도 너희는 따돌림받는 동료들에게 친절하고, 이해심을 보이고, 받아들이고, 아껴야 해. 너희들 모두. 너희는 우주의 비밀을 지키는 수호자들이고, 대부분의 사람들은 보기는커녕 꿈도 못 꿀 세상의 사랑을 받은 이들이야…. 그러니 *친절해야* 한다는 사실을 모르겠니? 서로를 돌봐야 한다는 사실을? 이 방 밖에서는 아무도 너희가 무슨 일을 겪었는지를 이해하지 못할 거야. 지금 너희 주위에 있는 사람들처럼은 절대로 이해 못 해. 여기는 너희들의 집이 아니야. 그 점은 내가 더 잘 알지. 하지만 여기는 너희의 중간 기착지이자 피난처이니, 주위에 있는 사람들을 존중하며 대하거라."

엘리노어가 노려보자 두 소년 모두 풀이 죽었다. 크리스토퍼는 시선을 내렸고, 또 한 명은 중얼거렸다. "죄송합니다."

"괜찮아. 늦은 시각이고, 우리 모두 지쳤구나." 엘리노어가 일어섰다. "다들 좀 자려무나. 쉽지 않을 줄은 안다. 낸시, 너는－"

"제가 이미 오늘 밤에 같이 있겠다고 했어요." 케이드가 말했다. 낸시에게 안도감이 밀려왔다. 혹시 다른 방에 가야 할까 봐 두려웠고, 아직 오래 머물지는 않았지만 이미 익숙한 침대에 애착이 생긴 상태였다.

엘리노어는 생각에 잠긴 얼굴로 케이드를 보았다. "정말 괜찮겠니? 낸시는 같은 복도의 누군가와 방을 같이 쓰라고 하고, 너는 오늘 밤에 문을 잠그라고 하려고 했는데. 부담이 크잖아."

"아니, 괜찮아요. 제가 자원했어요." 케이드의 얼굴에 짧게 미소가 스쳤다. "전 낸시를 좋아하고, 또 낸시는 스미의 친구였어요. 낸시에게 조금이라도 안정을 주면 좋을 테고, 제가 약간 불편한 정도는 상관없어요. 돕고 싶은걸요. 여긴 제 집이니까요." 그는 천천히 방안을 둘러보았다. "제게는 영원히 여기가 집이죠. 작년에 열여덟 살이 됐는데 부모님은 절 원하지 않고, 프리즘은 제가 가고 싶어 해도 받아 주지 않을 테니까요. 그러니 우리가 여길 소중히 하는 게 제게도 중요해요. 이 집은 우리가 도착한 날부터 우리 모두를 돌봐 줬으니까."

"자러 가거라, 얘들아." 엘리노어는 말했다. "아침이면 모든 것이 더 나아 보일 거야."

그 시신은 얇게 반짝이는 이슬을 얼굴에 덮은 채, 무정한 하늘을 향해 얼굴을 들고 앞마당에 누워 있었다. 낸시에게 물어본다면 얼른 망자는 원래 볼 수가 없다고 지적했을 테지만, 이 시신이 아무것도 볼 수 없는 것은 눈이 없기 때문이었다. 눈이 있던 곳에는 피투성이의 검은 구멍밖에 없었다. 두 손은 가슴 위에 단정하게 포개고, 차가워져 가는 손가락으로는 안경을 꽉 쥐고 있었다. 로리엘 영거스는 영원히 문을 찾지 못할 것이다. (그 문은 집에 있는 침실 한쪽 구석, 2센티미터도 되지 않는 높이에서 내내 로리엘을 기다렸다. 로리엘의 양어머니인 먼지의 여왕이 최대한 복잡한 마법을 발휘하여 그 문을 유지하고 있었으며, 앞으로 6개월을 더 버티다가 주문이 풀리면 여왕은 1년 동안 거처에 칩거하며 슬퍼할 터였다.) 다시는 대단한 모험을 하지도, 다른 세상을 구하지도 못할 것이다. 이야기 속에서 로리엘의 몫은 끝났다.

그녀는 태양이 떠오르고 별들이 희미해지는 동안 움직임 없이 그곳에 누워 있었다. 까마귀 한 마리가 다리 근처 풀밭에 내려앉아서 조심스럽게 그 모습을 관찰했다. 그래도 그녀가 움직이지 않자, 까마귀는 소녀의 무릎 위에 뛰어올라서 덫이 작동하나 기다렸다. 그래도 그녀가 움직이지 않자, 까마귀는 허공으로 날아올라 머리통이 있는 곳으로 가더니, 곧바로 왼쪽 눈이 있었던 피투성이 구멍에 부리를 처박았다.

앤젤라-분해되어 버린 기니피그의 주인이었고, 한때는 마법에 걸린 운동화로 무지개 위를 달릴 수 있었던 소녀-가 막 현관에서 걸어 나오는 중이었다. 그녀는 잠이 내려앉은 눈을 비비면서 같이 밤을 보냈어야 하는 룸메이트에게 몰래 빠져나갔다고 잔소리를 하려고 했다. 로리엘은 가끔 잠에 빠져들 만큼 오래 눈을 감고 있질 못해서, 사라진 문을 찾아 배회하는 경향이 있었다. 그러다가 잔디밭에서 졸고 있는 모습을 발견하는 일도 드물지 않았다. 앤젤라도 처음에는 로리엘의 움직임 없는 몸이 평소와 다르다고 여기지 않았다.

그때 까마귀가 눈구멍에서 피 묻은 부리를 꺼내더니, 아침 식사를 방해받았다고 화를 내며 항의하듯 앤젤라에게 까악거렸다.

앤젤라가 비명을 내지르자 까마귀는 퍼드득 아침 하늘로 날아올랐다. 그래도 로리엘은 깨지 않았다.

우리가 묻은 시체들

학생 모두가 식당에 모여 있었다. 대부분은 앤젤라의 찢어지는 비명 아니면 문을 쾅쾅 두드리는 직원 때문에 침대에서 끌려 나왔다. 낸시는 케이드가 어깨를 흔드는 통에 화들짝 깨어났는데, 깨고 보니 케이드의 홍채에 들어간 섬세하고 정교한 선이 보일 정도로 가까웠다. 낸시는 케이드를 뿌리치고 얼굴을 붉히면서 시트로 몸을 가렸다. 케이드는 그저 웃으며, 낸시가 일어나서 옷을 입는 동안 신사답게 등을 돌렸다.

지금 식어 가는 스크램블드 에그 접시를 앞에 두고 식탁에 앉은 낸시는 저도 모르게 그 웃음소리의 기억에 매달렸다. 앞으로 한동안은 아무도 웃지 않을 것 같았다. 어쩌면 영원히 그럴지도 몰랐다.

"로리엘 영거스가 오늘 아침 앞마당 잔디밭에서 죽은

채로 발견됐어요." 두 손을 앞에 모으고 꼿꼿하게 학생들 앞에 선 린디가 말했다. 깨지기 직전의 도자기 인형 같았다. "그 외에는 아무것도 말하고 싶지 않았어요. 그런 소름 끼치는 이야기는 어린 학생들이 듣기에 적절치 않으니까. 하지만 여기는 웨스트 선생님의 학교이고, 그분은 무슨 일이 일어났는지 알아야 한데 뭉쳐 다니라는 요청을 여러분이 더 진지하게 받아들일 거라고 생각하셨어요. 영거스 학생은 눈이 없는 상태로 발견됐습니다. 두 눈이… 제거됐어요. 처음에는 야생 짐승의 포식 행위 탓일 수도 있다고 생각했으나, 자세히 살펴보니 날카로운 물건으로 제거되었음이 드러났습니다."

아무도 어떤 날카로운 물건인지 묻지 않았다. 잭조차도 묻지 않았는데, 낸시는 잭이 질문을 참느라 말 그대로 덜덜 떨고 있음을 알 수 있었다. 반면에 질은 완벽하게 차분해 보였고, 식사를 하고 있는 몇 안 되는 학생 중 하나이기도 했다. 호러 영화 속에서 몇 년을 살고 나면 감수성이 아주 냉담해지는 모양이었다.

"스미와 달리, 로리엘의 부모님은 아직까지 딸에게 관심이 있습니다. 그리고 우린 아직 경찰에 연락하지 않았어요." 런디의 목소리가 살짝 끊어졌다. "엘리노어는 방에서 어떻게 할지 결정하는 중이에요. 부디 아침 식사를 마치고 각자 방으로 돌아가세요. 어디든 혼자 가지 마세요. 화장실이라 해도 안 됩니다. 학교는 안전하지 않아요." 런디는 반응을 기다리지 않고 몸을 돌리더니, 빠르게 출구로 걸어갔다.

런디가 사라지자 드디어 잭이 얼굴을 찌푸리며 질문을 내뱉었다. "엘리노어는 어젯밤에 상담실에 앉아서 부모님에게 우리의 행방을 두고 거짓말을 할 날을 기대한다고 했잖아. 그냥 로리엘을 없애고 거짓말을 하면 안 돼?"

"모두가 너처럼 시체를 없앤다는 생각을 편하게 하지는 않아." 앤젤라가 울면서 말했다. 그녀는 로리엘의 시신을 발견한 후 내내 울었다. 울음을 멈출 생각도 없는 것 같았다.

"나쁜 질문은 아니야." 크리스토퍼가 말하면서 신경질적으로 뼈를 만졌다. 낸시는 처음으로 그게 나무로 깎은 뼈가 아니라 진짜 뼈일지도 모른다고 생각했다. "웨스트 선생님에겐 우리가 진짜 집으로 갔을 때 가출한 것처럼 보이게 만들 시스템이 있어. 로리엘의 가족에게 거짓말을 해서 안 될 것 있나? 어차피 딸을 잃었잖아. 거짓말을 하면 우리가 돌아갈 필요 없이 모두 여기 남을 수라도 있지."

이 학교에서 '돌아간다'는 말은 어떻게 말하느냐에 따라 전혀 다른 두 가지 의미를 지녔다. 세상에서 제일 좋은 일이기도 했고, 또 누군가에게 일어날 수 있는 최악의 일이기도 했다. 누군가를 너무나 깊이 이해한 나머지 현실 너머로 손을 뻗어 그 아이를 자기 것이라 주장한 세상으로 가는 것도 돌아감이었다. 아이를 사랑하고 싶어 하고, 무사히 지키고 싶어 하지만 동시에 아이를 잘 알지 못해서 상처만 주는 가족에게 가는 것도 돌아감이었다. 이 표현의 이중성은 문의 이중성과도 비슷했다. '들어와 봐'라는 똑같이 단순한 초대만으로 삶을 바꿔 놓고, 삶을 파괴했다.

"난 시신을 그냥 없애 버리는 곳에 남고 싶지 않아." 앤젤라가 말했다. "그건 내가 여기에 온 이유가 아니야."

"잘난 척 좀 그만해." 잭이 쏘아붙였다. "시체는 삶의 결과물이야. 네가 무지개를 달릴 때 다른 사람이 떨어지는 모습을 본 적 없다고는 못 믿겠는데. 누가 하늘에서 떨어지면, 그냥 일어나서 걸어가지 않아. 죽지. 그리고 무어스 같은 곳에 떨어지지 않는 한은 죽은 채로 남아. 그러니 누군가는 그 시체들을 처리했겠지. 한 번만 미끄러졌다면 네 시체도 그렇게 처리했을 테고."

앤젤라는 경악해서 눈을 크게 뜨고 잭을 보았다. "생각도 안 해 봤어. 난… 난 사람들이 떨어지는 모습을 보긴 했어. 무지개는 미끄러웠으니까. 맞는 신발을 신고 있다 해도, 너무 늦게 속도를 늦추면 떨어질 수 있었어."

"누군가가 그 시체들을 처리한 거야." 잭이 말했다. "재는 재로, 먼지는 먼지로(장례식에서 쓰는 말로, 왔던 곳으로 돌아간다 혹은 빈손으로 왔다가 빈손으로 간다와 같은 의미 – 옮긴이주) 알겠어? 우리가 로리엘의 부모님에게 전화해서 무슨 일이 일어났는지 말하면 그걸로 끝이야. 우린 끝이라고. 18세 이하는 다들 사랑하는 부모님이 집으로 데려갈 거야. 그리고 너희들 중에 절반은 올해가 끝나기 전에 먹을 필요도 없는 향정신성 약물을 먹게 될 테지. 그래도 벽을 보고 멍하니 지낼 때 식사하라고 일깨워 줄 사람은 있겠네. 나머지 우리들은 길거리 신세야. 고등학교 졸업장도 없고, 우리를 돌려받고 싶어 하지 않는 이 세상을 감당할 방법도 없이."

"그나마 넌 장래가 유망하잖아." 크리스토퍼가 뼈를 한 번 더 돌리면서 말했다. "대학에 몇 개나 붙었더라?"

"내가 지원한 대학이라면 다 붙었지만, 다들 내가 졸업한 후에 문을 두드릴 거라 생각하고 있지." 잭이 말했다. " 그리고 물론 난 질도 생각해야 해. 질의 생계도 대비하지 않고 나 혼자 세상에 뛰쳐나갈 순 없어."

"내 몸은 내가 돌볼 수 있어." 질이 말했다.

"그럴 필요는 없을 거다." 엘리노어였다. 엘리노어는 피곤한 모습으로 식당에 들어와서 잭과 케이드 쪽을 보더니 말했다. "로리엘을 없애다오, 얘들아. 어딘가, 내가 천 년을 찾는다 해도 못 찾을 곳에 숨기렴. 우린 추도식을 할 거다. 최선을 다해서 그 아이를 기릴 거야. 하지만 한 명의 목숨 때문에 우리 모두를 위험에 몰아넣을 순 없어. 차라리 내가 그럴 수 있었으면 좋겠다. 그럴 수 있다면 내가 괴물 같다는 기분이 덜하고, 10월의 더딘 달 아래에서 여우들과 춤을 추는 아이처럼 느껴질 텐데. 도저히 그럴 수가 없구나."

"물론이죠." 잭이 일어서려고 했다.

앤젤라가 먼저 일어섰다. "재가 죽인 건데, 이제는 재한테 시체를 맡긴다고요?" 앤젤라는 잭을 가리키면서 새된 소리를 질렀다. 얼굴이 격분 그 자체였다. "재가 살인녀예요! 로리엘도 알았고, 저도 아는데, 선생님이 모른다니 못 믿겠네요!"

"살인자라고 하지 않고 특별히 살인녀라고 한 데엔 가산점을 주겠지만, 내가 저질렀다고 믿을 근거도 없으면서 여성형으로 단정지어 말하다니, 그건 조금 모욕적인걸." 잭이 말했다. "내가 눈알 한 쌍으로 뭘 하겠어, 앤젤라? 난 시각과학에 관심이 없어. 추상체와 간상체라면 멋진 응용방법도 있겠지만, 지금 여기엔 그런 걸 연구할 시설도 장비도 없어. 내가 눈알을 갖겠다고 살인할 거라면 10년 후에나 할 거야. 살인 혐의 정도는 가볍게 날려 버릴 만큼 거대한 생명공학 회사의 연구 개발 부서장으로 안착한 후에 말이야. 지금 걜 죽이는 건 나한테 아무 이득이 없어."

"서로에 대한 비난은 그만하고 이 일을 처리하면 안 될까? 제발?" 케이드가 일어섰다. "이미 우리 손에 시신이 하나 있는데, 더 나오진 않았으면 좋겠거든."

"내가 도울 수 있어." 낸시가 말하자 다른 아이들이 쳐다보았다. 낸시는 살짝 얼굴을 붉히면서도 물러서지 않았다. "난 확실히 망자를 존중하면서 일하도록 할 수 있어. 망자가 떠났을 때 뒤에 남겨 두는 몸은 나에게 문제가 안 돼."

"넌 오싹한 여자애야." 크리스토퍼가 찬성하는 투로 말하더니, 뼈를 주머니에 넣고 일어섰다. "나도 도울게. 내가 이런 일을 돕지 않는다면 '해골 소녀(the Skeleton Girl)'가 날 용서하지 않을 거야."

"난 안 해." 질이 말했다. "드레스 망치기 싫어."

"다들 고맙구나." 엘리노어가 말했다. "오전 수업은 다 취소야. 다들 무너진 마음을 다시 추스를 시간을 갖고 나서, 점심 식사 후에 보자."

"단어 선택이 나쁜데." 잭은 그렇게 말했지만, 얼굴을 돌리고 케이드와 낸시를 데리고 방으로 나갈 때는 생각에 잠겨 있었다. 수심이 어려 보일 정도였다. 크리스토퍼가 맨 뒤에 따라왔는데, 뒷주머니에 비죽 튀어나온 뼈가 치켜든 가운데손가락처럼 보였다. 그들이 다 나가자 문이 빙글 돌아가며 닫혔다. 그들은 다 함께 현관으로 걸어 나갔다. 로리엘은 아직도 시트를 덮고 잔디밭에 누워 있었고, 잠시 낸시는 이대로 계속되면 침대 시트가 남아나지 않겠다는 생각을 했다. 낸시, 크리스토퍼, 잭은 계속 걸어갔다. 케이드는 멈춰 섰다.

"미안해." 케이드가 말했다. "난 못하겠어. 그냥… 못하겠다. 난 이런 일을 해 본 적이 없어." 사실은 왕자라는 사실이 알려지기 전까지는 프리즘의 공주였던 탓이었다. 나머지와는 달리 그는 망자를 돌보는 일을 맡아 본 적이 없었다. 분명히 사람을 죽여 보기는 했다. 그러니 고블린 왕자라는 직위도 얻었으리라. 그러나 죽음에 대해 케이드가 맡은 역할은 칼끝을 찔러 넣는 데에서 끝났다.

"괜찮아." 낸시가 어깨 너머로 돌아보며 부드럽게 말했다. "죽은 사람은 산 사람보다 훨씬 이해심이 많거든. 로리엘은 우리가 돌볼게. 넌 망을 봐."

"그건 나도 할 수 있어." 케이드가 안심하고 말했다.

낸시, 잭, 크리스토퍼는 시신에 다가갔다. 세 사람은 각기 아주 다른 전통을 이어받았다. 낸시에게는 죽음의 경험 전체가 반대로 뒤집혀 있었다. 크리스토퍼에게 살은 일시적이지만, 뼈는 영원하며 그러니 그렇게 다뤄야 했다. 잭에게 죽음이란 정복해야 할 불편이었고, 시체는 아름다운 가능성을 가득 품은 판도라의 상자였다. 하지만 모두가 죽음에 대해 애정을 품고 있었기에, 로리엘을 땅바닥에서 들어 올릴 때도 연민과 친절을 가득 담아서 움직였다.

"지하실로 데려간다면, 내가 뼈에서 살을 발라내는 물질을 만들 수 있어." 잭이 말했다. "법의학 검사를 받는다면 그래도 막 만들어진 해골이라는 점이 드러나겠지만, 거기서부터 시작이야."

"로리엘이 해골이 되고 나면, 무슨 일이 벌어진 건지 내가 알아낼 수 있을지도 몰라." 크리스토퍼는 수줍은 태도로 말했다. 잠시 정적이 내려앉았다. 한참 만에 미심쩍게 말한 사람은 잭이었다. "미안한데, 방금 네가 뼈와 대화할 수 있다고 고백한 것 같네. 왜 우린 이런 이야기를 들은 적이 없지?"

"그야 네가 죽은 사람을 되살릴 수 있다고 말했을 때 나도 그 자리에 있었으니까. 다들 어떻게 반응하는지 봤고, 난 이 학교에서 멀쩡하게 사회생활을 하는 쪽이 좋거든." 크리스토퍼가 말했다. "다른 애들이 나와 말을 안 한다고 해서, 시내 피자 가게에라도 나가서 놀 수 있는 것도 아니잖아. 그렇다고 너희 쌍둥이가 나한테 말을 걸었을 거란 소리는 마. 너희 둘은 아무와도 대화하지 않잖아."

"그건 맞는 소리네." 현관에서 케이드가 외쳤다.

낸시는 얼굴을 찌푸렸다. "나한테는 말을 걸었는데."

"그건 스미가 그렇게 만들었기 때문이고, 네가 유령이 가득한 세상에 갔기 때문이야." 크리스토퍼가 말했다. "그 정도면 걔들이 널 괜찮게 생각할 만큼 호러 영화 속에 사는 것과 비슷한가 보지. 그리고 걔들이 스미와 대화를 나눈 건 스미가 선택권을 주지 않아서였어. 스미는 작은 토네이도 같았거든. 스미에게 휘말리면 뭐든 단단히 붙잡고 같이 날 수밖에 없었지."

"우리가 우리끼리 지내는 데엔 그럴만한 이유가 있어." 잭이 로리엘의 어깨를 잡은 손을 바로잡으면서 딱딱하게 말했다. "너희들 대부분에겐 유니콘과 안개 덮인 초원이 있었지. 우린 무어스를 얻었고. 그곳에 유니콘이 있었다면 아마 사람을 먹었을 거야. 우린 다른 사람들과 경험을 공유하면 우리를 멀리할 뿐이라는 걸 빨리 배웠어. 이곳에서 이루어지는 사회적 관계란 대부분 경험을 공유하는

데 기초하고 있잖아. 문은 어땠고, 문을 통과했을 때 무슨 일이 있었는지에 대한 경험 말이야."

"난 행복하게 춤을 추는 해골들이 사는 나라에 갔고, 그들은 언젠가 내가 돌아가서 해골 소녀와 결혼할 거라고 했어." 크리스토퍼는 말했다. "그러니까 상당히 밝았어. 망자의 날(멕시코에서 죽은 이들을 기리는 축제 – 옮긴이 주) 같이 쾌활했던 셈이지."

"너와 더 일찍 대화를 해 볼 걸 그랬네." 잭은 말했다. "로리엘을 지하실로 데려가자."

그들은 로리엘을 들고 저택 옆을 돌아서, 예전에 저택 위층에 석탄이나 식량을 배달하던 상인들이 이용했던 지상층 문을 찾아냈다. 다들 손이 남지 않았기에, 낸시가 고개를 외로 꼬고 어깨 너머로 외쳤다. "케이드? 네가 필요해."

"그건 내가 할 수 있지." 케이드가 달려와서 세 사람을 지나치더니 지하실 문을 열었다. 서늘하고 음산한 공기가 훅 빠져나왔다. 케이드는 다들 들어갈 때까지 문을 잡고 있다가, 뒤따라 들어가서 결정적인 느낌이 드는 텅 소리를 내며 문을 닫았다. 안은 어두웠다. 낸시는 민감한 눈을 해칠까 봐 불빛이 어스름보다 밝아지는 일이 없는 망자의 전당에서 살았다. 크리스토퍼는 해골들이 사는 세상을 누비는 방법을 익혔는데, 해골들에게는 눈이 없었고 상당수가 질척한 산 사람들에겐 조명이 필요하다는 사실을 잊은 지 오래였다. 잭은 폭풍 속에서도 앞을 볼 수 있었다. 지하실 계단을 내려가는 동안 발을 헛디디며 간신히 넘어지지 않은 사람은 케이드 하나였다.

"잠시만 나 빼고 듣고 있을 수 있겠어?" 잭이 물었다. "너희 광대들 중에 누군가가 발이 걸려서 귀중한 물건을 망가뜨리기 전에 불을 켜야겠는데."

"봐, 그게 바로 아무도 너희에게 말을 걸지 않는 또 하나의 이유야." 크리스토퍼가 말했다. "넌 언제나 심술궂게 굴잖아. 정말로 그래야 할 이유가 없을 때도 그러지. 그냥 '부탁한다'고 하면 될걸."

"부탁인데, 혹시라도 내가 로리엘의 살을 용해하는 데 쓰려던 산성 용액 통을 넘어뜨리는 일이 없도록 잠시만 나 없이 들고 있을 수 있겠어?" 잭이 말했다. "난 해골이 아닌 발로 다니는 쪽이 좋거든. 아마 너도 그렇겠지."

"지금은 그렇지." 크리스토퍼가 말하더니, 로리엘의 상반신을 잡은 손을 옮겨서 두 팔을 얽었다. "좋아, 내가 잡았어."

"훌륭해. 바로 돌아올게." 잭이 떠나니 낸시와 크리스토퍼의 품에 안긴 시체가 점점 무거워졌다. 두 사람은 잭이 움직이는 소리, 지하실의 콘크리트 바닥을 밟는 가벼운 발소리를 들었다. 이어서 잭이 차분하게 말했다. "눈을 감는 게 좋을지도 몰라."

두 사람은 눈부신 수술용 조명이 켜질 줄 알고 긴장했다. 그러나 잭이 스위치를 올리자 부드러운 오렌지색 불빛이 방을 감싸면서 유리병과 실험 도구들이 가득한 금속 선반들, 성긴 레이스와 리본들이 튀어나온 서랍장, 그리고 스테인리스 스틸로 만든 부검대가 드러났다. 침대는 하나밖에 없었다. 낸시는 이게 무슨 의미인지 깨닫고 작게 경악한 소리를 질렀다. "부검대에서 자는 거야?"

잭은 한 손으로 매끄러운 강철을 건드렸다. "실험실에는 베개나 담요가 많이 필요하질 않아. 질은 덮개 달린 침대와 쿠션들을 받았지. 나는 돌바닥에서 자는 방법을 익혔어. 알고 보니까 그런 습관은 없애기가 힘들더라고. 진짜 침대에서 자는 건 구름 속에서 자려고 하는 것처럼 느껴져. 구름을 뚫고 떨어져 죽을 것만 같아서 무섭고." 잭은 부검대에서 손을 떼고 한숨을 내쉬었다. "여기 눕혀. 살을 녹이기 전에 살펴보고 싶어."

"무슨 섬뜩한 변태 짓을 하려는 건 아니지?" 크리스토퍼가 낸시와 함께 시신을 옮기면서 물었다. "섬뜩한 변태 짓이라면 남아서 돕고 싶지 않거든."

"난 시신을 그런 식으로 좋아하지 않아. 되살아난다면 또 몰라도." 잭이 대답했다. "시신은 제대로 동의를 표할 수가 없다는 점에서, 바이브레이터보다 나을 게 없어."

"무슨 말인지 이해를 못 하는 편이 더 좋았겠다." 크리스토퍼가 말했다. 낸시는 그와 힘을 합쳐서 로리엘을 부검대 위에 올렸다. 크리스토퍼는 손을 놓고 물러났다. 낸시는 남아서 잠시 시체의 사지를 펴고 머리카락을 정돈했다. 로리엘의 눈이 있던 구멍에 대해서는 할 수 있는 일이 없었다. 눈을 감겨 줄 수도 없었다. 결국 그녀는 로리엘의 두 손만 가슴에 포개어 놓고 물러났다.

낸시가 비운 자리에 잭이 들어갔다. 잭은 낸시와 달리 로리엘의 망가진 얼굴을 피하지 않았다. 오히려 가까이 몸을 기울이고서 살에 남은 줄무늬를, 살이 찢기고 열린 방식을 살폈다. 고무장갑을 끼더니 손을 뻗어 조심스럽게 로리엘의 머리를 한쪽으로 돌리고, 빠르고도 조심스러운 동작으로 머리 안쪽을 조사했다. 낸시와 크리스토퍼가 자세히 보고 있었지만, 잭이 하는 일에는 조금도 무례한 느낌이 없었다. 오히려 살아 있을 때보다 죽은 지금의 로리엘에게 더 정중하게 굴었다.

잭이 얼굴을 찌푸리고 말했다. "머리가 깨졌어. 누군가가 뒤에서 세게 때려서 쓰러뜨리고 갈피를 못 잡게 했다는 뜻이야. 맞아서 의식을 잃었을지는 잘 모르겠군. 기절시키기란 대부분의 사람이 생각하는 것보다 어렵거든. 기습 공격이었어. 로리엘에게 쓰러지기 전에 방어하거나 도움을 청할 기회는 없었을 거야. 하지만 바로 죽지도 않았지. 그리고 눈구멍에 피가 상당히 많아."

"잭…." 케이드의 목소리는 낮고 겁에 질려 있었다. "제발 지금 내가 생각하는 이야기가 아니라고 해 줘."

"흠?" 잭이 고개를 들었다. "난 초능력자가 아니야, 케이드. 초능력자가 존재한다고 믿지도 않아. 그러니 내가 네 마음을 읽고 무슨 생각을 하는지 알 방법은 없어. 난 그저 로리엘의 눈이 어떤 식으로 추출됐는지 말하고 있을 뿐이야.”

“추출이라면, 제거됐다는 말이지?” 크리스토퍼가 물었다.

“아니, 추출됐다는 말이야.” 잭이 말했다. “확실하게 하려면 두개골을 열어야 할 텐데, 나에겐 적절한 뼈톱도 없으니 어려운 작업이 될 거야. 하지만 두 눈을 시신경까지 완전한 형태로 추출한 것으로 보여. 누가 공격했는지는 몰라도 그냥 포도알 따듯이 뽑은 게 아니야. 어떤 종류의 칼을 써서 눈을 주위 근육과 분리시키고, 그 다음에…”

“누가 한 짓인지 알아?” 케이드가 물었다.

“아니.”

“그렇다면 제발 어떻게 했는지 설명 좀 그만해. 난 더는 못 견디겠어.”

잭이 엄숙한 얼굴로 케이드를 보더니 말했다. “아직 중요한 부분까지 가지도 않았어.”

“그렇다면 제발, 우리가 바닥에 토하기 전에 그 부분부터 말해.”

“머리에 남은 손상 정도와 피의 양으로 미루어 볼 때, 로리엘은 눈이 뽑힐 때 살아 있었어.” 잭의 선언에 정적이 내려앉았다. 낸시마저도 손으로 입을 가렸다. "범인은 로리엘을 제압하고, 눈을 뽑은 다음, 그 충격으로 죽게 내버려 뒀어. 죽이는 게 목적이었는지도 잘 모르겠어. 그냥 눈을 얻으려고 했을지도 몰라."

"왜?" 크리스토퍼가 물었다.

잭은 멈칫하다가 고개를 저으며 말했다. "나도 모르겠어. 자. 장례 준비를 하자."

케이드는 다시 지하실 반대편으로 물러나서 다른 사람들이 일하는 동안 그 자리에만 머물렀다. 낸시가 로리엘의 옷을 벗기고, 하나하나 조심스럽게 개어 옆에 쌓았다. 어쩐지 이 옷들이 공용 옷장에 들어가지는 않을 것 같았다. 안전을 위해서라도 로리엘의 몸과 함께 없애야 할지도 몰랐다.

낸시가 일하는 동안, 잭과 크리스토퍼는 지하실 한쪽 구석에 있던 낡은 네발 욕조를 방 한가운데로 끌어다 옮겼다. 잭은 커다란 유리병 몇 개를 열어서 부글거리는 녹색 액체를 욕조에 부었다. 케이드는 경악한 얼굴로 이 모습을 지켜보았다.

"엘리노어 선생님은 왜 네가 이렇게 많은 산성 용액을

갖고 있게 해 준 거야? 너는 왜 이렇게 많은 산성 용액을 원한 거고? 그렇게 많은 양은 필요 없을 텐데."

"필요해 보이는걸? 나에게 마침 사람 시체를 녹이기에 적당한 양이 있고, 우리에게는 녹여야 할 사람 시체가 있으니 말이야." 잭이 말했다. "모든 일에는 이유가 있어. 그리고 엘리노어가 이렇게 많이 갖고 있게 '해 준' 게 아니야. 나 혼자 모았어. 만약에 대비해서."

"만약이라니, 무슨 일이 날 줄 알고?" 크리스토퍼가 물었다. "곰이라도 나올 줄 알았어?"

"행운이 따를 가능성은 언제나 있었지." 잭은 선반에서 비닐 앞치마를 몇 장 꺼내어 다른 사람들에게 내밀었다. "이걸 걸치고, 장갑도 끼는 게 좋을 거야. 크리스토퍼의 세상에서 왔다면 또 모르지만, 산에 피부가 녹는 건 즐겁지 않거든."

낸시와 크리스토퍼는 말없이 앞치마를 두르고, 고무장갑을 끼고, 고글을 꼈다. 잭도 똑같이 한 다음, 그들은 함께 로리엘을 보글거리는 녹색 액체 속으로 내렸다. 케이드는 외면했다. 냄새는 놀랍도록 상쾌했고, 고기 냄새가 전혀 나지 않았다. 민트 향에 살짝 시트러스 향기가 섞인

세제 냄새였다. 로리엘이 수면 아래로 내려가자 거품이 더 심해지더니, 액체가 완전히 탁해지면서 모습을 가렸다. 잭이 고개를 돌렸다.

"해골만 남기까지 한 시간쯤 걸릴 거야. 다 되면 내가 산성 용액을 중화시켜서 배출할게. 크리스토퍼, 그다음에는 네가 다룰 수 있겠지?"

"걔도 날 위해 춤을 출 거야." 크리스토퍼가 주머니에 꽂아 둔 뼈를 건드렸다. 낸시는 그 뼈에 작은 자국이 여러 개 있음을 깨달았다. 확실히 구멍이라고 하기는 어렵지만, 그래도 피리라는 사실을 알려 주는 자국이었다. 아마 그 피리로 부는 음악은 산 사람에겐 들리지 않을 것이다. 그렇다고 진짜가 아니라는 뜻은 아니었다. "모든 해골은 날 위해 춤을 춰. 해골을 위해 연주하는 건 나에게 영광이고."

"좋아. 확실히 너희 둘은…" 잭은 장갑을 벗으면서 낸시를 가리켰다. "천생연분이었네. 둘 다 문을 찾지 못한다면 결혼해서 오싹한 세상으로 여행할 다음 세대를 낳아야겠어."

크리스토퍼의 뺨이 붉어졌다. 낸시는 얼굴을 붉히지 않

았다. 기분 좋은 변화였다.

"짝짓기 프로그램을 짜기 전에 왜 사람들이 계속 죽는지 알아내는 게 좋지 않을까." 케이드가 온화하게 말했다. "게다가 낸시는 내가 먼저 만났어. 데이트를 신청할 자격도 내가 먼저야."

"가끔은 네가 남성성을 증명하는 방법을 전부 네안데르탈인에게 배웠나 의심스러워." 잭이 말하더니 앞치마를 벗어서 가까운 고리에 걸었다. "다들 빌려준 장비를 벗어 줘. 비싼 물건인 데다가, 1년에 세 개밖에 주문하지 못해."

"나에게 발언권이 있을까?" 낸시는 케이드에게 재미있다는 표정을 지으며 물었다. 시시덕거리는 건 나쁘지 않았다. 시시덕거리기는 안전하고, 재미도 있었다. 아무에게도 그녀가 이상하다는 점을 들키지 않고 또래와 교류하는 한 가지 방법이었다. 시시덕거리기만이라면 언제까지라도 할 수 있었다. 다만 그다음 단계에 관심이 없을 뿐이었다.

"나중에 하지 그래." 잭이 말했다. "지금은 여기에서 나가야 해. 산이 조직을 분해하면서 가스를 배출할 텐데, 난 로리엘로 내 폐를 가득 채우고 싶지 않아. 게다가 질을 너무 오래 혼자 둬선 안 돼." 마음이 어수선한 목소리였다.

"질을 해칠 사람은 없을 거야." 낸시가 말했다. "자기 몸은 알아서 챙길 수 있어."

"내가 걱정하는 부분도 바로 그거야." 잭이 말했다. "뱀파이어와 몇 년을 같이 살다 보면, '다른 애들을 깨물지 말라' 같은 배움은 다 날아가 버리거든. 혹시나 애들이 내가 유죄라고 생각해서 질을 궁지에 몬다면, 걔가 빠져나오기 위해서 다른 사람을 해칠 수도 있어. 난 시체 하나를 처리하자마자 퇴학당하고 싶지 않아. 괜히 산성 용액만 낭비한 셈이 되잖아."

"알았어." 낸시는 앞치마를 머리 위로 벗으면서 말했다. "가자."

이제는 다른 학생들에게 로리엘의 시신을 보이지 않으려고 애쓸 필요가 없었기에, 네 사람은 저택 내부 계단을 올라서 텅 빈 복도로 나갔다. 케이드는 복도 양쪽을 살핀 뒤 잭을 돌아보며 물었다. "질이 어디로 갔을까?"

"내가 어떻게 알아?" 잭이 되묻더니, 다른 사람들이 빤히 쳐다보자 한숨을 내쉬었다. "난 걔 쌍둥이지, 관리자가 아니야. 심지어 친구도 아니야. 우리가 붙어 다니는 건 주로 자기방어 차원에서야. 다른 여자애들은 질이 기괴하다고 생각하고, 나는 더 기괴하다고 생각하니까. 최소한 우리가 단합한 모습을 보이면 우리한테 무슨 짓을 할 가능성이 줄어들잖아."

"무슨 짓이라니?" 낸시가 멍하니 물었다.

잭은 동정심과 질투심이 반반 담긴 눈빛으로 낸시를 보았다. "너에겐 못살게 구는 단계가 없었지. 엘리노어가 널 스미와 같은 방에 넣은 진짜 이유가 그거야. 일단 스미가 널 마음에 들어 하면, 아니 그냥 참을 만하다고 여기기만 해도 다른 사람은 선을 넘지 않으니까. 모두가 스미를 잘못 건드리면 곤란하다는 걸 알아. 스미는 악랄했어. 난센스 여자애들은 늘 그래. 질과 나는…."

"너희가 여기 왔을 때가 기억나." 크리스토퍼가 말했다. "내가 질이 매력적이라고 생각했던 거, 알아? 그래서 내가 학교를 안내해 주겠다고 했지. 다른 남자들이 나타나서 마법의 검을 자랑하고 자기가 어떻게 우주를 구했는지에 대해 떠들기 전에 좋은 관계를 맺어 볼까 하고. 난 아무도 들을 수 없는 피리를 가진 녀석이잖아. 끈질기기라도 해야 해."

"걔가 널 비웃었겠지. 맞지?" 대부분은 그 말을 하는 잭의 상냥한 투에 놀랐을 것이다. 잭은 상냥함을 보일 것 같은 사람이 아니었다.

크리스토퍼는 고개를 끄덕였다. "나보고 귀여운 어린애라면서, 그렇지만 나와 같이 있는 모습으로 체면을 구길 순 없다고 했어. 무슨 성명을 발표하듯이 말이야. '고맙지만 사양할게'도 없고, '내 이름은 질이야'도 없이 그냥 바로 '귀여운 어린애구나' 이러더라고. 그 후에는 나도 시도하지 않았지."

"걔 나름대로는 널 구하려고 한 거야." 잭이 말했다. "질의 마스터는 질투심이 강했어. 예전에 질은 성 아랫마을 아이들과 친구가 되려고 했었지. 질은 친구를 주위에 많이 두는 걸 좋아했거든. 못 믿을지도 모르지만, 예전에 질은 사교적인 애였어. 조금 물정 모르는 괴짜 같은 친화성이긴 해도 말이야. 《닥터 후》 최신 에피소드를 말하려고 친구를 찾아다녔다고나 할까. 이건 초창기에, 질이 레이스 달린 드레스와 철분이 풍부한 식단을 받아들이기 전의 일이야. 그 무렵에 질은 우리가 모험을 하고 있을 뿐이라고 생각했어. 언젠가는 집에 갈 거라고 생각하면서 머무는 동안 최대한 많은 것을 배우고 싶어 하는 건 질 쪽이었지."

"그러면 너는?" 케이드가 물었다.

"난 블리크 박사가 내 손에 빼톱을 쥐어 주고 내가 알고 싶은 건 뭐든 가르쳐 주겠다고 말한 순간 바로 집에 갈 생각을 버렸어." 잭은 말했다. "질은 한동안 이 문, 저 문을 열고 다니면서 집에 갈 길을 찾았고, 나는 떠나고 싶어 하지 않았지."

"마을 아이들은 어떻게 됐어?" 크리스토퍼가 물었다. "질이 친구가 되려고 했던 애들?"

잭의 표정이 멍해졌다. 정확히는 냉담해졌다. 이제부터 하려는 말과 *거리*를 두려는 냉담함이었다. "우린 뱀파이어 귀족의 은혜와 묵인 속에 살았어. 마을 아이들이 어떻게 됐을 것 같아? 질의 마스터는 자기가 통제할 수 없는 사람들과 질이 대화하는 상황을 원치 않았어. 아마 날 살려 둔 건 오직 블리크 박사님이 애걸해서고, 또 박사님이 질을 위해 자가 보충이 되는 수혈원을 보존하는 게 현명하다고 지적해서였을 거야. 우린 쌍둥이니까, 질에게 만약의 일이라도 생기면 나를 예비 부품으로 쓸 수 있다는 얘기였지."

낸시의 입이 딱 벌어졌다. "그런 끔찍한." 목소리가 끽끽거렸다.

"무어스는 그런 곳이었어." 잭은 고개를 저었다. "잔인하고 차갑고 무자비하고 아름다운 곳이지. 하지만 난 그곳에 돌아갈 수 있다면 뭐든 내놓을 거야. 아마 무어스가 나도 알 수 없는 내 깊고 본질적인 어떤 부분을 망가뜨리긴 했겠지. 질이 자기가 더는 보통의 소녀가 아니라는 사실을 이해하지 못하는 것처럼. 그래도 상관없어. 무어스는 내 집이었고, 드디어 내가 나 자신이 되게 해 준 곳이었어. 그리고 난 여기가 싫어."

"우리 모두 여기를 싫어해." 케이드가 말했다. "나조차도 그래. 그래서 우리가 이 학교에 있는 거야. 자, 이제 생각해 봐. 질이 지하실에 없다면, 어디로 갔을까?"

"아직 식당에 있을 수도 있어. 주위에 감시의 눈길이 있으면 괴롭히기가 더 힘들어지니까. 아니면 밖에 나가서 나무에 걸터앉아 집에 돌아간 척할 수도 있지. 무어스에서 우린 이런 저런 이유로 밖에서 시간을 많이 보냈거든."

"안 그래도 어제 거기서 보긴 했어." 케이드가 말했다. "낸시와 나는 숲을 확인해 볼게. 너와 크리스토퍼는 식당을 확인해. 찾든 못 찾든 다락방에서 다시 만나자."

"왜 다락이야?" 크리스토퍼가 물었다.

하지만 잭은 고개를 끄덕이고 있었다. "좋은 판단이야. 로리엘을 마저 녹이면서 네 책들을 뒤져볼 수 있겠군. 어딘가에서 세상을 건넌 여행자들한테 신체 부위를 채취하는 이유가 나올지도 몰라. 확률이 높지는 않지만, 이 시점에서라면 그 정도는 받아들이겠어. 가자, 뼈 소년." 잭은 돌아서서 복도를 성큼성큼 걸었다. 모든 면에서 다시 자신만만한 미치광이 과학자의 제자로 돌아간 모습이었다. 조금 전에 보여 준 연약한 면모는 사라지고, 잭이 쓴 가면에 가려졌다.

"무서운 애와 붙여 줘서 고맙다." 크리스토퍼가 케이드에게 말하더니, 주머니에서 뼈 피리를 꺼내면서 잭을 따라 달려갔다.

"별말씀을." 케이드가 그 뒤에 대고 외쳤다. 그는 씩 웃으면서 낸시에게 팔을 내밀었다. "자. 우리가 아담스를 찾을 수 있나 한 번 가 보자." 케이드는 유난히 말을 느리게 끌었고, 한 마디 한 마디에서 달고 유혹적인 꿀이 떨어지는 것 같았다.

냰시는 케이드가 내민 팔꿈치 안쪽에 손을 얹으면서, 두 뺨에 배신자 같은 붉은 기운이 슬금슬금 돌아오는 것을 느꼈다. 예전 학교에 다닐 때도 언제나 이 대목이 까다로웠다. '에이섹슈얼'과 '에이로맨틱(Aromantic; 무연정이라고도 하며 연애 감정 자체를 느끼지 않는다 – 옮긴이 주)'의 차이를 설명하기란 쉽지가 않았다. 낸시도 손을 잡고 키스를 주고받기는 좋아했다. 초등학교 때는 대부분의 여자애들처럼 남자친구도 몇 명 사귀었는데, 그 시절의 연습 같은 관계는 언제나 만족스럽기만 했다. 그러다 사춘기가 와서 규칙을 바꿔 놓자 그녀는 혼란과 무관심을 느끼며 그런 게임에서 멀어지기 시작했다. 케이드는 아마 낸시가 지금까지 본 가장 아름다운 남자일 것이다. 몇 시간이고 같이 앉아서 시덥지 않은 이야기를 나누고 싶었다. 케이드의 손이 와 닿는 감촉을 느끼고, 케이드가 온전히 그녀에게만 집중한다는 사실을 알고 싶었다. 문제는, 관계가 그 지점에서 끝나는 일은 결코 없는데 낸시에게는 거기까지가 한계라는 점이었다.

케이드는 낸시가 불편해한다는 사실을 읽었는지 미소를 보내며 말했다. “신사답게 군다고 약속할게. 살인자가 아닌 그 누구와 있을 때보다도 나와 있는 게 안전해.”

“저런, 마침 네가 살인자인지 아닌지 결론지으려던 참인데.” 낸시가 말했다. “살인자가 아니라는 말을 들으니 정말 마음이 놓이네. 말해 두지만, 나도 살인자는 아니야.”

“그거 다행이네.” 케이드가 말했다.

그들은 사람 없는 저택 안을 같이 걸었다. 가끔 지나치는 방 안에서 흘러나오는 속삭임이 다른 학생들이 존재한다는 사실을 알렸다. 둘은 멈춰 서지 않았다. 모두에게 각자의 걱정거리가 있었다. 낸시는 로리엘의 시체를 없애는 잭의 작업을 도움으로써, 로리엘이 살아 있을 때 친구였던 이들의 ‘적’ 진영에 확고히 몸을 담았다는 사실이 마음 불편했다. 낸시는 이렇게 많은 적을 만든 경험도, 이렇게 빨리 적을 만든 경험도 없었다. 마음에 들지 않았다. 다만 되돌릴 방법이 보이지 않았다.

밖에는 아무도 없었다. 낸시와 케이드가 숲을 향해 걸어가는 동안 잔디밭은 텅 비어 있었다. 까마귀들마저도 더 풍요로운 먹잇감을 찾으러 떠났는지 날아가고 없었다. 사방이 고요했다. 으스스할 정도였다.

질은 숲속에 없었다. 실망스럽기까지 했다. 낸시는 보이지 않게 감싸인 작은 숲에 들어서면 질이 고딕 소설에서 빠져나온 듯한 자세로 나무뿌리에 앉아, 감히 가까이 다가오는 빗나간 햇살을 양산으로 막고 있으리라 기대했다. 그러나 햇살은 가로막는 양산 없이 내리쬐었고, 그곳에는 낸시와 케이드밖에 없었다.

"흠, 후보 하나는 탈락이네." 낸시는 갑자기 초조해졌다. 케이드가 키스하고 싶어 하면 어쩌지? 케이드가 키스하고 싶어 하지 않으면 어쩌지? 좋은 답은 없었기에, 낸시는 당황하거나 겁먹으면 늘 하는 행동을 했다. 얼어붙어서, 소녀 모양의 조각상이 되었다.

"우와." 케이드는 정말로 감탄한 목소리였다. "굉장한 재주인데. 정말로 돌로 변하는 거야, 아니면 돌로 변한 것처럼 보이기만 하는 거야?" 케이드는 한 손가락으로 낸시의 팔을 부드럽게 찔렀다. "아니, 여전히 살은 살이네. 아주 아주 가만히 정지해 있긴 해도 무생물은 아니야. 어떻게 하는 거야? 숨은 쉬어? 난 못하겠는데."

"그림자의 귀부인을 섬기려면 모두가 제대로 정지할 능력을 갖춰야 해." 낸시가 자세를 풀면서 말했다. 뺨이 다시 붉어졌다. 모든 게 너무 잘못됐다. "미안해. 난 긴장하면 얼어붙는 경향이 있어."

"걱정 마, 나와 같이 있으면 안전해." 케이드가 말했다. "살인자가 누구인지는 몰라도, 혼자 있는 사람만 공격하고 있어. 같이 붙어 있으면 괜찮을 거야."

'하지만 내가 긴장하는 건 너 때문이야.' 낸시는 그런 생각을 하며 힘없이 웃었다. "네가 정말 그렇게 생각한다면야. 질은 여기 없어. 잭과 크리스토퍼가 우리 걱정을 하기 전에 다락으로 돌아가야겠어."

그들은 나란히 왔던 길을 되짚어 돌아갔다. 낸시는 케이드의 팔에 손가락을 올리고 넓은 잔디밭을 살피면서 무슨 일이 벌어졌는지 알려 줄 단서를 찾았다. 이 모든 상황을 하나로 정리해 줄 설명이, 이해가 가게 해 줄 뭔가가 분명히 있을 것이다. 뚜렷한 이유도 없이 학생들을 도살하는, 보이지 않는 살인자의 자비에 기대어 살 순 없었다.

"손." 낸시는 중얼거렸다.

"뭐가?" 케이드가 물었다.

“스미의 손에 대해 생각하고 있었어.” 낸시는 말했다. “스미는 손재주가 아주 좋았어. 알지? 스미에게 가장 중요한 부분이 손 같기도 했어. 어쩌면 누군가가 우리가 제일 귀하게 여기는 것들을 빼앗으려 하는지도 몰라. 하지만 그 이유도, 뭐가 귀한지 어떻게 아는지도 모르겠어.”

“말은 되는군.” 케이드가 말했다. 두 사람은 현관 계단에 도착했다. 계단을 오르면서 케이드가 말했다. “학생들 대부분은 문이 닫혔을 때 가장 귀한 것을 잃었어. 그 누군가는 너무 슬픈 나머지 아무도 행복하지 못하게 만들려는지도 몰라. 자기가 비참해야 한다면, 다른 모두도 비참해야 한다는 거지.”

“하지만 죽는 건 비참한 게 아니야.” 낸시가 말했다.

“정말 그랬으면 좋겠다.” 케이드는 말하면서 문고리에 손을 뻗었다.

손이 닿기도 전에 문이 열렸다.

코코아

런디가 문간에 서서 두 사람을 의심스러운 눈으로 보았다. “어디에 다녀오나요?”

“저도 좋은 아침입니다, 선생님.” 케이드가 말했다. “엘리노어 선생님이 요청하신 대로 로리엘을 정리한 다음에 질을 찾으러 갔습니다. 잭과 크리스토퍼는 안에서 찾고 있고, 저희는 밖을 보러 갔죠. 질이 바깥에 없으니 저희도 들어가도 될까요?”

“혼자 있으면 안 되는데.” 런디가 옆으로 비켜서서 두 사람이 지나갈 수 있게 문을 더 열어 잡았다. “왜 질을 같이 데려가지 않았나요?”

“질의 드레스에서 핏자국을 지우기는 정말 힘들었을 거예요.” 낸시가 생각도 하기 전에 말해 버렸다. 런디가 깜짝 놀라서 불쾌한 얼굴로 쳐다보자 낸시는 얼굴을 찌푸렸다. "음, 죄송해요. 하지만 사실인걸요. 아무리 박박 문질러도 호박단(태피터. 광택이 있는 빳빳한 견직물 - 옮긴이 주)에서는 피를 빼낼 수가 없어요."

"그것 참 매력적인 인생 교훈을 다 알려 주는군요." 런디가 말했다. "두 사람 다 안으로 돌아가요. 바깥은 안전하지 않습니다." 낸시에게 고정된 런디의 시선은 차갑고 비판적이었다. 낸시는 안 좋은 기분을 드러내지 않으려고 하면서 몸을 떨었다. 본의 아니게 아직 케이드의 팔에 얹혀 있던 손에 힘이 들어갔다. "알겠습니다. 점심 식사 때 뵐게요."

두 사람은 런디 옆을 지나치고, 얼어붙은 눈물이 흩뿌려진 반짝이는 샹들리에 아래를 지나서 다락으로 향하는 계단을 올랐다. 낸시는 다락방 문 밖에 서고 나서야 손가락의 힘을 풀고, 계속 몸을 점령하려고 하던 떨림에 몸을 맡겼다. 그녀는 바닥에 무너져서 벽에 등을 대고 두 무릎을 가슴에 붙였다.

'가만히 있어.' 그녀는 생각했다. '가만히 있어, 가만히 있어, 가만히 있어.' 그러나 말을 안 듣는 몸이 그녀를 배신하고 거친 바람에 휩쓸린 잎사귀처럼 떨어 대는 통에 떨림이 계속 이어졌다.

"낸시?" 케이드는 놀란 것 같았다. 그는 옆에 무릎을 꿇고 낸시의 어깨에 손을 얹었다. "낸시, 무슨 일이야? 너 괜찮아?"

"내가 했다고 생각해." 높고 가느다란 목소리가 흘러나왔지만, 들을 수는 있었다. 낸시는 심호흡을 하고, 무릎에서 머리를 떼어 낸 뒤 케이드를 보면서 말했다. "런디는 내가 범인이라고 생각하고 있어. 내가 스미와 로리엘을 죽였다고 생각하는 거야. 난 유령이 가득한 세상에서 왔어. 난 여기 사는 다른 누구보다도 잭과 질과 가까운데, 정작 잭과 질은 여기에 계속 살면서 아무도 죽이지 않았지. 하지만 내가 나타나고는 사람들이 죽어 나가기 시작했어. 새로 온 여자애를 의심해야 말이 되지. 새로 온 여자애가 시체 치우는 일을 거리낌 없이 돕기까지 하다니, 너무 쉬울 정도야. 런디는 내가 한 짓이라고 생각해. 다른 답은 복잡하고 어려울 테니까."

"런디는 모든 걸 소설이나 이야기처럼 생각해." 케이드는 달래듯이 낸시의 등을 쓸면서 말했다. "런디는 문제의 거래를 하기 전에 고블린 마켓에서 너무 오랜 시간을 보냈어. 핏속에 이야기가 흐르지. 네가 가장 논리적인 용의자라는 말은 맞아. 새로 왔고, 강력한 인연도 없고, 언더월드에서 왔고. 아마 런디가 널 의심한다는 말도 맞을 거야. 하지만 엘리노어가 런디가 널 해치게 둘 거라고 생각한다면 틀렸어. 나만큼이나 엘리노어도 네가 범인이 아니라는 걸 알아. 그만 들어가자. 다락방에 핫플레이트와 찻주전자가 있어. 진정이 되게 뜨거운 차를 만들어 줄 수 있어."

"실은 내가 이미 코코아를 탔는데." 잭이 문을 열고 고개를 내밀었다. "질은 찾았어?"

"아니, 너희도 못 찾았어?" 케이드는 어깨 너머를 돌아보고 얼굴을 찌푸렸다. "우리가 못 찾았으니까 너희가 찾았을 줄 알았지. 식당은 확인했어?"

"그래, *그리고* 서재도, *그리고* 이 시간쯤에 우리가 원래 가야 했던 교실도 확인했어. 혹시나 머리 모양에만 신경 쓰다가 어떻게 해야 하는지 제대로 듣지 않았을까 봐." 잭이 말했다. 얄팍한 불만이 잭의 심각한 진짜 걱정을 가렸다. "우리가 찾아본 곳 어디에도 없었어. 난 너희가 찾았기를 기대했지."

"미안." 케이드가 일어서면서 낸시에게 손을 내밀었다. "가 보긴 했는데 찾지는 못했고, 런디에게 야단을 맞았고, 낸시가…."

"런디가 날 의심한다는 사실을 알고 조금 울었지." 낸시는 케이드의 손을 잡아당겨 일어서면서 말끝을 맺었다. "이젠 나아졌어. 엘리노어만 의심하지 않으면 쫓겨나진 않겠지. 그냥 아무도 다치지 않게 다 같이 뭉치고, 한 무리로 이 사태를 이겨 내자."

"허." 잭이 그리운 눈빛으로 말했다. "예전 학교를 떠난 이후에는 집단에 소속되어 본 적이 없는데. 이제 들어가자. 말했듯이 내가 코코아를 만들었는데, 혼자 너무 오래 두면 크리스토퍼가 다 마셔 버릴 거야."

"그 말 들었어!" 크리스토퍼가 외쳤다. 잭은 코웃음을 치며 다락방으로 들어갔다.

케이드가 낸시에게 걱정스러운 눈빛을 보냈기에, 낸시는 미소짓고 안심하라는 뜻에서 손을 한 번 꽉 쥐었다가 놓은 다음, 앞장서서 다락방으로 들어갔다. 잭의 말대로 코코아 냄새가 풍겼다. 크리스토퍼는 책더미 하나에 앉아서 입술에 콧수염 모양으로 휘핑크림을 묻히고 두 손으로 머그를 쥐고 있었다. 잭은 핫플레이트 앞에서 머그 세 잔을 더 준비했다. 케이드가 한쪽 눈썹을 올렸다.

"휘핑크림은 어디에서 찾았어?" 케이드가 물었다.

"너에겐 우유가, 나에겐 과학이 있지." 잭이 대답했다. "이 말 하나로 얼마나 많은 요리 성과를 요약할 수 있는지 알면 놀랄 거야. 예를 들어 치즈 만들기도 그래. 우유, 과학, 그리고 자연법칙에 대한 어리석은 무시가 완벽하게 교차한 예거든."

"자연법칙이 여기에 무슨 관계인데?" 낸시가 머그를 한 잔 집으러 걸어가면서 물었다. 냄새가 매혹적이었다. 한 모금 마셔 보니 눈이 휘둥그레해졌다. "이 맛은…."

"석류 맛이지, 알아." 잭이 말했다. "네 코코아는 석류 당밀을 넣고 만들었어. 크리스토퍼의 잔에는 시나몬이 살짝 들어갔고, 케이드의 잔에는 내가 미스 엘리노어의 개인 물품에서 훔친 클로티드 크림 퍼지가 들어갔어. 엘리노어는 절대 모를 거야. 잉글랜드에서 파운드 단위로 배송을 받는데, 다음번 배송이 사흘 후거든."

"네 잔에는 뭐가 들었어?" 낸시가 물었다.

잭은 머그를 들어 올려 소리 없는 축배를 들면서 미소

지었다. "따뜻한 식염수 세 방울과 바꿎 한 꼬집. 나에게 위험할 정도의 양은 아니야 – 앤젤라가 뭐라고 주장하든 간에 나도 인간이거든. 눈물 맛에 더해서 한밤중에 황야를 휩쓰는 바람 냄새와 비슷한 맛을 낼 수 있어. 비명이 어떤 맛인지 안다면 그것까지 첨가하고, 살아 있는 한은 언제까지나 그것만 마실 텐데."

크리스토퍼가 코코아를 한 입 삼키더니 고개를 절레절레 저었다. "그거 알아? 가끔 네가 얼마나 으스스한지 잊어버릴 만하면 꼭 그런 말을 하더라."

"내 본성에 대해서는 상시 기억해 두는 게 좋아." 잭이 말하고는 케이드에게 잔을 건넸다.

"고마워." 케이드는 말하고 긴 손가락을 잔에 감았다.

"그런 말 마." 잭의 말은 예의 바른 대응이 아니라 간청 같았다. '이 잠시의 친절은 잊어 줘. 내가 약해 보이면 안 되니까 기억에 남기지 말아 줘.' 하지만 겉보기에 잭이 한 일은 입꼬리를 살짝 움직여서 덧없는 미소를 지은 것뿐이었다. 그리곤 두 손으로 자기 잔을 감싸 쥐고 돌아서서 책더미 의자를 찾으러 갔다.

"안락하지 않아?" 케이드는 평소에 앉는 자리인가 싶은 곳으로 돌아갔고, 낸시는 핫플레이트 옆에 어색하게 혼자 서 있었다. 낸시는 주위를 둘러보다가 몇 안 되는 진짜 가구 중 하나로 향했다. 책이 잠식하고는 있지만 아직 다 집어삼키지는 못한 고풍스러운 벨벳 의자가 하나 있었다. 낸시는 그 의자에 털썩 주저앉아서, 두 손은 잔을 감싸 쥔 채로 다리를 몸 아래 밀어 넣었다.

"난 마음에 들어." 아무도 말할 생각이 없구나 싶어지자 크리스토퍼가 말했다. 그리고 어깨를 으쓱이며 덧붙였다. "남자들, 어, 그러니까 케이드 너 말고 다른 남자들이 날 받아 준 건 여기에 남자가 몇 명 없어서거든. 그런데 걔들은 다 반짝거리는 세상에 갔어. 다들 내가 간 곳이 기괴하다고 생각하다 보니, 나도 그곳에 대해 별로 말할 수가 없지. 녀석들이 나의 해골 소녀를 모욕하기 시작하면 내가 그 멍청한 입을 때려서 다물게 해야 해. 친구를 만들기 좋은 방법은 아니야."

"그래, 그렇겠지." 잭은 코코아를 내려다보았다. "나도 다른 학생들과 친구가 되려고 했을 때 비슷한 문제가 있었어. 난 질보다 먼저 포기했지. 하나같이 무어스가 얼마나 이상했을지, 자기네 솜사탕 동화 나라에 비해 얼마나 못한지만 이야기하고 싶어 하더라고. 솔직히 걔들이 내가 살인자가 될 수 있다고 생각하는 것도 비난하진 않아. 내가 이렇게 오래 기다렸을 거라고 생각하는 게 어이없을 뿐이지."

"그리고 겨우 생긴 유대감이 다시 오싹해졌군." 크리스토퍼가 쾌활하게 말하더니 코코아를 한 입 마셨다. "다행히도, 이렇게 맛있는 코코아라면 뭐든 용서할 수 있어."

"말했다시피 요리는 과학의 일종이고, 나는 과학자야." 잭이 말했다.

"우린 정말로 무슨 일이 벌어지는 건지 알아내야 해." 케이드가 말했다. "너희들은 몰라도 나는 예전 인생으로 돌아갈 준비가 썩 잘 되어 있지 않아. 내 부모님은 아직도 어떻게든 잃어버린 어린 딸을 마법처럼 되찾을 거라고 생각하고 있거든. 5년 동안 내가 집에 가지도 못하게 했어. 아니, 이건 불공정한 말이군. 아니면 너무 공정한 말이거나. '나'를 받아 주지 않을 뿐이니까. 내가 치마를 입고 '케이티'라는 이름을 받아들인다면 두 팔 벌려 환영하긴 할 거야. 이 학교가 닫히면 난 노숙자가 될 게 확실해."

"우리 집은 날 다시 받아 주긴 할 거야." 크리스토퍼가 말했다. "이 모든 게 내가 '가출'한 후에 일어난 사건으로 촉발된 복잡한 신경쇠약이라고 생각하거든. 엄마는 진심으로, '해골 소녀'가 내가 푹 빠졌는데 거식증으로 죽은 여자애의 별칭이라고 믿어. 아직도 그 애의 '진짜 이름'이 기억나지 않느냐고 꼬박꼬박 물어볼 정도야. 내가 기억하면 걔네 부모를 찾아내서 딸이 어떻게 됐는지 말해 줄 수 있다면서 말이야. 정말 슬프지. 말도 안 되게 마음을 쓰긴 하는데, 모든 것에 대해 완벽하게 틀렸으니. 뭔지 알지? 해골 소녀는 진짜고, 죽지도 않았고, 여기 사람들 같은 방식으로 살아 있었던 적도 없어."

"해골인은 대체로 그렇지." 잭이 코코아를 내려놓으면서 말했다. "살아 있다면 호흡이나 혈액순환 기능이 없어서 바로 죽을 거야. 힘줄이 없다는 사실만으로도-"

"넌 정말 파티에서 끝내주게 인기 있겠어." 크리스토퍼가 말했다.

잭은 냉소 지었다. "어떤 파티냐에 달렸지. 삽이 있는 파티라면 내가 그곳의 삶이자 죽음이자 부활이야."

"난 집에 못 가." 낸시는 코코아를 내려다보며 말했다. "우리 부모님은… 크리스토퍼네와 비슷한 것 같아. 날 사랑하긴 해. 하지만 내가 *떠나기* 전에도 이해하지 못했고, 지금은 서로 다른 행성 사람이나 다름없어. 계속 나한테 색깔 있는 옷을 입히고 매일 밥을 먹이고, 아무 일 없었던 것처럼 남자애들과 데이트를 시키려고 해. 모든 것이 예전 그대로라는 듯이. 하지만 난 언더월드에 가기 전에도 남자애들과 데이트를 하고 싶지 않았고, 지금도 마찬가지야. 안 해. 못 해."

케이드가 살짝 아픈 얼굴을 했다. "네가 원하지 않으면 아무도 너에게 뭘 강요하지 않아." 케이드의 말투는 상처받은 듯 부자연스러웠다.

낸시는 고개를 저었다. "그런 말이 아니야. 난 여자애들과도 데이트하고 싶지 않아. 아무와도 데이트하고 싶지 않아. 그야 사람들은 예쁘고, 나도 예쁜 것을 보는 건 좋아하지만, 그렇다고 그림과 데이트하고 싶지는 않다는 거야."

"아하." 이해했는지 케이드의 태도가 자연스러워졌다. 케이드가 살짝 미소지었다. 낸시는 코코아에서 시선을 들고 마주 미소지었다. "그러면, 우리 모두 이 학교가 계속 열려 있어야 할 이유는 있는 것 같네. 두 번의 죽음이 있었어. 스미와 로리엘. 둘의 공통점이 뭐였지?"

"없어." 크리스토퍼가 말했다. "스미는 미러 계열에 갔고, 로리엘은 페어리랜드 계열에 갔어. 한쪽은 고도의 난센스, 한쪽은 고도의 로직 세계야. 둘이 같이 어울리지도 않았고, 공통의 친구도 없었고, 같은 취미도 전혀 없었어. 스미는 종이접기와 우정 팔찌 만들기를 좋아했고, 로리엘은 퍼즐과 숫자에 따라 색칠하는 그림 그리기를 좋아했어. 겹치는 부분이라고는 수업과 식사 시간뿐이었는데, 아마 그것도 가능하기만 하다면 겹치지 않게 했을 거야. 둘이 적대적인 건 아니었어. 단지… 무관심했지."

"아까 낸시가 두 손이 스미에게 가장 중요한 부분이었다는 말을 했어." 케이드가 말했다.

잭이 앉은 자세를 폈다. "저런, 낸시. 참 냉담하고 이상하기도 하다."

낸시는 얼굴을 붉혔다. "미안해. 난 그냥… 그냥 생각이…."

"뭐라 하는 게 아니야. 단지 여기에서 누군가가 냉담하고 이상하게 군다면 보통은 나라서 그래." 잭은 생각에 잠겨서 얼굴을 찌푸렸다. "네가 잘 짚어 낸 것도 같아. 우리 모두에게는 처음에 문의 관심을 끌었던 어떤 속성이 있어. 문 너머 세상에서 우리를 행복하게 만들어 줄 수 있는 어떤 타고난 공감 포인트랄까. 물론 오직 생존자만 보고 세운 가정이기는 해. 어쩌면 문을 통과한 사람들 대부분은 돌아오지 않고, 우리 눈에는 제일 좋은 경우만 보이는지도 몰라. 어쨌든, 살아서 이야기를 완수하려면 우리에게 *뭔가가* 필요해. 그리고 많은 사람에게 그 타고난 뭔가는 특정한 신체 부위에 집중되어 있었던 것 같아."

"로리엘의 눈처럼 말이지." 케이드가 말했다.

잭은 고개를 끄덕였다. "그래. 아니면 낸시의 놀랍도록 탄탄한 근육계나 —그런 눈으로 보지 마. 네가 말해 준대로 오랫동안 넘어지지 않고 가만히 서 있으려면 근육이 아주 튼튼해야 해— 앤젤라의 다리, 아니면 세라피나의 미모 같은 거지. 속에는 냄새 고약한 거머리가 득시글거리지만, 얼굴은 천사라도 사람을 죽이게 만들 수 있을 수준이잖아. 여행하기 전에 찍은 사진을 봤는데, 세라피나는 언제나 예뻤더라. 트로이의 헬레나 수준이 된 건 여행을 하고 나서지만."

"어떻게 세라피나가 여행하기 전에 찍은 사진을 봤어?"

케이드가 물었다.

"나에겐 인터넷이 있고, 걔가 쓰는 페이스북 비밀번호는 고양이 이름인데, 그 고양이 사진이 걔 침대 위에 있거든." 잭은 코웃음을 쳤다. "난 무한한 잠재력과 대단히 한정된 인내심을 지닌 천재야. 사람들이 자꾸 날 시험하지 말아야 할 텐데."

"내가 다음에 비밀을 지키려고 할 때는 그 점을 명심할게." 케이드가 말했다. "그래서 하려는 말이 뭐야?"

"내가 블리크 박사님을 위해 일하던 시절에, 박사님이 나에게 재료를 모아 오라고 시킬 때가 있었어." 잭은 말했다. "오직 최고만 쓸모가 있었는데, 그야말로 올바르고도 공정한 일이었지. 박사님도 천재였고, 심지어 내가 꿈도 못 꿀 엄청난 천재였으니까. 그래서 박사님이 '박쥐가 여섯 마리 필요하다'고 하면 난 그물을 들고 며칠씩 황야를 돌아다니면서 가장 상태가 좋고 커다란 박쥐들을 잡은 다음에, 그중에서도 가장 좋은 박쥐만 골라 박사님 실험에 쓰게 가져갔어. 아니면 박사님이 '은색 비늘이 하나도 없는 금색 잉어가 필요하다'고 하면 난 강가에서 일주일씩 보내면서 완벽한 잉어를 잡을 때까지 물고기를 잡고 또 잡았지. 그건 쉬운 일에 속했어. 다른 때는 '완벽한 개가 필요한데, 완벽한 개 한 마리를 찾는 것은 불가능하니 나가서 나에게 필요한 부위들을 찾아오거라' 이런 식이었어. 난 머리와 둔부, 꼬리와 발가락을 어디에서든 찾는 대로 모아서 가져가야 했지."

"좋아. 우선, 역겨운 이야기였어." 크리스토퍼가 말했다. "둘째로, 비인도적이야. 셋째로, 그래서 무슨 말을 하려는 거야? 어떤 미친 과학자가 우리들의 가장 좋은 신체 부위를 모아서 완벽한 소녀를 만들려고 한다고?"

"이 학교에 미친 과학자는 나 하나뿐이고, 나는 사람을 죽이고 있지 않아." 잭이 말했다. "그것만 빼면, 맞아, 내가 하고 싶은 얘기는, 때로 살인은 시체나 죽은 사람과는 관련이 없어. 시체나 죽은 사람이 뒤에 남겨질 뿐이지. 때로 살인은 없어진 부분과 관련이 있어."

다락방 문을 두드리는 소리가 났다. 모두가 펄쩍 뛰었다. 심지어 잭까지도 그랬다. 낸시의 잔에 담긴 코코아가 넘쳐흘렀다. 잭은 허리를 펴고 잔을 내려놓더니, 공격할 준비를 하는 뱀처럼 긴장했다. 케이드가 목청을 가다듬었다.

"누구세요?" 케이드가 외쳤다.

"질이야." 문고리가 돌아갔다. 문이 스르르 열렸다. 질이 안으로 들어왔다. 질은 궁금하다는 얼굴로 둘러보더니 선언했다. "널 찾아다녔는데, 찾을 수가 없어서 여기와 보기로 했어. 이 집에서 제일 높은 곳이자 태양에 제일 가까워서 네가 있을 가능성이 제일 적은 곳이니까. 과연 넌 여기 있고, 나도 여기 있네. 왜 도망쳐서 날 이렇게 오래 혼자 둔 거야?"

"난 요청받은 대로 시체를 없애고 있었어." 잭이 책더미에서 내려오면서 조끼를 슥 잡아당겨 바로잡더니 말했다. "시체 하니까 말인데, 지금쯤이면 산이 로리엘의 연조직을 다 녹였을 거야. 크리스토퍼, 뼈를 수습하게 도와줄래?"

"물론이지." 크리스토퍼가 어리벙벙한 목소리로 말하더니, 일어서서 코코아를 내려놓고 잭을 따라 다락방을 나갔다. 질은 쌍둥이가 자기를 두고 나가는 동안 아무 말도 하지 않았다. 그저 케이드를 돌아보고 밝고 순수한 미소를 지으며 물었을 뿐이다. "코코아 더 있어?"

무지개 빛을 입은

그녀의 해골

잭이 무슨 도전이라도 받아들인 사람처럼 한 번에 두 계단, 세 계단씩 내려가는 통에 크리스토퍼는 보조를 맞추려고 뛰어야 했다. 그렇게 내려가면서도 잭은 전혀 힘들이는 것 같지 않았다. 차가운 눈으로 입을 꾹 다물고 고요히 움직일 뿐, 숨을 몰아쉬지도 않았고 힘겨워하지도 않았다. 말을 하지도 않았다. 크리스토퍼는 그게 걱정스러우면서 고맙기도 했다. 그는 헉헉대느라 대꾸할 수가 없는 상태였다.

"네가 로리엘을 부르기 전에 뼈를 닦아야 할까?" 잭은 마지막 계단과 지하실 사이에 놓인 복도를 걸으면서 물었다. 학생은 하나도 없었다. 다락방을 나선 이후 한 명도 보지 못했다. 꽉 닫힌 문틈으로 흘러나오는 속삭임이 아니었다면 캠퍼스가 다 버려진 것처럼 보일 정도였다. "산성 용액이 예쁘긴 한데, 춤을 출 때 입히기 좋은 물건은 아니라서 말이야."

"아니야." 크리스토퍼는 주머니에서 뼈 피리를 꺼내어 손가락을 감으면서 말했다. 그 누구도 아닌 스스로를 안심시키기 위해서였다. "깨끗하고 아름다운 모습으로 일어날 거야. '뼈의 나라'에 있을 때는 새로운 주민을 해방시키려고 –" 그는 말하다 말고 끔찍한 이야기가 나올 것을 깨달았다는 듯 멈칫했다.

잭은 지하실로 가는 문을 열면서 그를 돌아보았다. "좋아, 이젠 정말로 궁금해지는군. 말해 줘야겠어. 내가 당황할까 걱정하지는 마. 난 아직 살아서 깨어 있는 데다 말까지 하려고 하는 남자의 가슴에서 폐를 꺼낸 적도 있어."

"그런 짓을 왜 하는데?"

"안 할 이유가 있나?" 잭은 어깨를 으쓱이고 계단을 내려갔다.

크리스토퍼는 그 뒷모습을 잠시 바라보다가 다시 움직였다. 그리고 잭을 따라잡으며 반항적으로 말했다. "우린 새로운 시민들을 해방시키려고 살을 잘라 냈어. 뼈에 닿을 정도로 크고 깊게 절단했지. 그러면 해골들이 몸부림

치다가 부서질 위험 없이 일어날 수 있거든. 몸 밖으로 나온다 해도 뼈는 느리게 나아서 말이야."

"뼈가 낫는다는 사실 자체부터 이상한데." 잭의 목소리는 잔잔했다. "그쪽 규칙은 정말 다르군. 우리 모두에게."

"맞아." 크리스토퍼는 욕조를 가득 채운 불그스레한 액체를 보면서 맞장구쳤다. 수면 위에 덩어리가 몇 개 떠 있었다. 그 덩어리에 대해서는 별로 생각하고 싶지 않았다.

"방금 네가 나한테 한 이야기는 아무에게도 하지 마. 여기 사는 속 좁은 바보들은 외과 수술과 도축이 같은 것인 줄 알아. 걔들이 날 어떻게 보는지 봐. 지금은 네가 아직 걔들과 한패지만, 그 상황이 변하지 않을 거라고 믿는 실수는 저지르지 마." 잭은 방 저편에 있는 옷장으로 걸어갔다. "모든 게 변해."

"나도 알아." 크리스토퍼가 말하더니, 피리를 입가에 대고 연주하기 시작했다.

소리는 들리지 않았다. 산 사람이 들을 수 있는 소리는 없었다. 오직 소리의 개념만 있었다. 뭔가 놓치고 있다는 갑작스러우면서도 압도적인 감각, 정적의 분자와 분자 사이에 작고 미묘한 무엇인가가 숨어 있다는 느낌만 존재했다. 잭은 옷장을 열고 크라바트(17세기 남성용 스카프의 한 형태 – 옮긴이 주)를 꺼내더니, 나비넥타이를 풀면서 힘껏 귀를 기울였다. 자신의 숨소리가 들렸다. 크리스토퍼의 손가락이 뼈를 스치는 소리가 들렸다. 첨벙 하는 물소리가 들렸다.

잭은 몸을 돌렸다.

크리스토퍼는 여전히 연주 중이었고, 반들반들한 뼈 조각상 같은 로리엘이 일어나 앉고 있었다. 어깨뼈는 섬세한 날개였고, 머리뼈는 지상을 걷는 모든 사람의 살 밑에서 기다리는 우아한 댄서에게 바치는 찬송가였다. 온몸에 오팔 같은 광채가 감돌았는데, 잭은 그것이 산 때문일까 아니면 크리스토퍼의 피리가 부리는 마법일까 실없이 생각했다. 아마 영영 알 수 없을 테니 안타까운 일이었다. 이 학교는 쾌적하기는 하지만, 잭에게 실험용 시체들을 제공하려고 하지는 않았다.

로리엘의 뼈는 천천히, 조심스럽게 일어서더니 살짝 흔들거리면서 욕조 밖으로 나왔다. 팔꿈치를 타고 흐른 산성 용액 한 방울이 바닥에 떨어지더니, 치직 소리를 내면서 깔판에 구멍을 냈다. 로리엘이 멈추더니 좌우로 몸을 흔들면서 텅 빈 눈구멍을 크리스토퍼에게 향했다.

"놀라워." 잭이 한 걸음 다가서면서 말했다. "로리엘이 널 볼 수 있어? 자각은 있고? 아니면 그냥 마법으로 뼈를 움직일 뿐인가? 어떤 해골이든 통해? 아니면 폭력적으로 죽은 해골에게만 통해? 혹시, 음, 연주를 계속하면서 내 질문에 대답할 순 없겠지?"

크리스토퍼는 고개를 내젓고는 팔꿈치로 옛날 하인용 문으로 이어지는 계단 쪽을 가리켰다. 잭은 고개를 끄덕였다.

"내가 열게." 잭은 크라바트를 매면서 빠른 걸음으로 걸어갔다. 스미만큼 재바르지는 않을지 몰라도 잭의 손가락 역시 날렵했고, 지금 지으려는 매듭은 익숙했다. 문에 도착해서 밀어 열었을 때쯤에는 다시 한번 나무랄 데 없는 옷차림이었다. 잭이 블리크 박사에게 배운 모든 기술 중에서는, 목숨 걸고 도망치는 와중에도 몸단장을 할 수 있는 능력이 그녀가 현재 '집'이라고 부르는 이 이상하고 자주 혼란스러운 세상에서 가장 쓸모가 많은 것 같았다.

크리스토퍼가 소리 없는 피리를 계속 연주하면서 좀 더 침착하게 잭을 뒤따라갔다. 로리엘이 그 뒤를 느릿느릿 걸었는데, 발가락이 계단을 두드리자 마른 나뭇가지가 창틀을 때릴 때와 거의 구별할 수 없는 소리가 났다. 잭은 가만히 서서 그 둘이 밖으로 걸어 나가는 모습을 지켜본 후, 문을 닫고 따라갔다.

"발견되지 않을 만한 매장지를 찾는 거야?" 잭이 묻자, 크리스토퍼가 고개를 끄덕였다. "그렇다면 날 따라와."

그들은 함께 캠퍼스 부지를 걸었다. 소녀와 소년, 그리고 무지개빛을 두른 춤추는 해골까지. 아직 연조직과 혀가 있는 사람 중 누구도 말을 하지 않았다. 이건 로리엘의 장례식에 가장 가까운 의식이었다. 가볍게 여긴다면 적절치 않을 터였다. 그들은 잘 가꾼 정원이 사라지고 뒤엉킨 나무와 잡초, 그리고 경작된 적도 없고 야생에서 벗어난 적도 없는 딱딱한 돌투성이 땅이 나올 때까지 걸었다. 물론 여기도 엘리노어 웨스트의 소유지였다. 웨스트 가문이 사방 몇 킬로미터의 시골을 다 소유하고 있었고, 이제는 엘리노어가 그 집안의 마지막 사람이라 모든 땅이 그녀의 것이었다. 그녀는 학교를 둘러싼 땅을 한 조각도 팔거나 개발하려 하지 않았다. 이 지역의 자연보호론자들은 엘리노어를 영웅으로 여겼다. 이 지역 자본주의자들은 그녀를 적으로 여겼다. 그녀를 제일 심하게 비방하는 사람들은 엘리노어 웨스트가 숨길 것이 있는 여자처럼 군다고 떠드는 이들이었다. 나름대로 맞는 말이었다. 그녀는 보호할 것이 있는 여자였고, 그래서 사람들이 의심하는 것보다 더 위험했다.

"잠깐만." 폐허에 다다르자 잭이 로리엘을 돌아보고 말했다. "내 말을 들을 수 있다면, 내 말을 이해할 수 있다면 고개를 끄덕여 봐. 부탁이야. 살아 있을 때 네가 나를 좋아하지 않았던 건 알고, 나도 널 좋아하지는 않았지만, 지금은 여러 목숨이 걸려 있어. 다른 사람들을 구해 줘. 내 질문에 대답해 줘."

크리스토퍼는 계속 피리를 연주했다. 명령할 근육도 힘줄도 없이 움직인 로리엘의 머리뼈가 천천히 흉골 쪽으로 숙여졌다. 잭은 숨을 훅 내뿜었다.

"자, 이게 위자보드로 유령과 대화할 때처럼 무슨 대답이든 크리스토퍼가 들려주고 싶어 하는 답일 가능성도 있긴 하지만, 지금은 그런 경우라고 생각하지 않아." 잭은 말했다. "일주일 전이라면 몰라도 지금은 낸시가 학교에 있고, 유령들은 낸시 곁에 있고 싶어 해. 그러니까 넌 어떤 면에서, 본질적으로는 아직 로리엘일 거야. 그러니까 할 수 있다면 대답해 줘. 누가 널 죽였지?"

로리엘은 몇 초 동안 가만히 있었다. 그러더니 모든 움직임에 어마어마한 노력을 기울여야 한다는 듯 느릿느릿 오른팔을 들어 올려서 둘째 손가락으로 잭 옆을 가리켰다. 잭은 옆의 빈 공간을 돌아보고 한숨을 내쉬었다.

"지나친 요구였나 보군." 잭은 말했다. "크리스토퍼?"

크리스토퍼가 고개를 끄덕이더니, 피리를 쥔 손가락을 움직였다. 로리엘의 해골은 폐허로 이어지는 짧은 언덕을 내려갔다. 그리고 계속 내려갔다. 마치 보이지 않는 계단이라도 걷는 것처럼 땅을 뚫고 내려갔다. 1분도 지나지 않아서 로리엘은 사라졌다. 머리 꼭대기까지 흙 속으로 들어가 버렸다. 크리스토퍼가 피리를 내렸다.

"정말 아름다웠어."

"피부가 덮여 있었을 때의 로리엘에 대한 이야기라고 생각해야 소름이 덜 끼치겠지." 잭이 말했다. "자, 다른 애들한테 돌아가자. 우리끼리 있는 건 안전하지 않아." 잭이 몸을 돌리고, 크리스토퍼도 그 뒤를 따랐다. 둘은 터벅터벅 드넓은 초록색 풀밭을 가로질렀다.

낙원의

날개 꺾인 새들

점심 식사는 부자연스러웠다. 아무도 입을 열지 않았고 뭐라도 먹는 학생은 몇 명 없었다. 이번만은 맛도 보지 않은 고형식을 접시 위에서 이리저리 뒤적거리며 과일주스를 먹는 낸시의 습관도 이상해 보이지 않았다. 오히려 뭐라도 먹으려고 한다는 게 이상했다. 그녀는 저도 모르게 다른 학생들을 훑어보면서 각자의 이야기와 숨겨진 세상을 추측해 보고, 혹시라도 그들이 살인에 내몰릴 이유가 있을까 생각해 보려고 했다. 여기에 온 지 좀 더 오래되었다면, 그러니까 다른 학생들이 이렇게 낯설지만 않았다면 필요한 답을 찾아낼 수 있었을 것이다. 현재로서는 답이 아니라 질문만 찾는 느낌이었다.

점심 식사 이후에는 서재에 모여야 했고, 엘리노어 선생님이 침착을 유지하고 연민을 보여 준다고 모두를 칭

찬하더니, 로리엘의 시체를 처리해 준 잭과 낸시와 다른 학생들에게 감사 인사를 했다. 낸시는 얼굴이 붉어져서, 그녀를 돌아보는 시선들을 피하려고 의자에 더 깊숙이 내려앉았다. 그들의 관점에서 낯선 사람은 낸시였고, 그러므로 죽은 자와 가까이 있으려는 모습은 의심스러워 보일 게 분명했다.

엘리노어가 숨을 깊이 들이마시더니 침울한 표정으로 방 안을, 그러니까 자신의 학생들이자 책임을 바라보았다. "다들 알다시피, 내 문은 아직 열려 있단다. 나의 세상은 난센스 세계이고, 고도로 도덕적이고 중간 정도로 시적인 곳이야. 너희들 중 많은 수는 그곳에서 살아남을 수 없을 거다. 논리와 이유가 없다는 점이 너희를 죽이겠지. 하지만 난센스에 맞는 사람에 한해서라면, 내가 그 문을 열어서 통과시켜 줄 마음이 있다. 한동안 그곳에 숨을 수 있겠지."

방 안 여기저기에 헉 소리가 울렸고, 재빨리 억누른 울음소리도 몇 군데에서 들렸다. 새파란 머리카락의 여자애 하나는 몸을 반으로 접더니, 무릎에 얼굴을 묻고 앞뒤로 몸을 흔들기 시작했다. 그렇게 하면 괴로움을 달래어 몰아낼 수 있다는 듯이. 남자애 하나는 일어서서 구석으로 가더니 모두에게 등을 돌렸다. 더 나쁜 쪽은 그대로 앉아서 무릎에 두 손을 포갠 채 눈물을 줄줄 흘리는 아이들이었다.

냅시는 멍하니 케이드를 보았다. 그는 한숨을 내쉬며 가까이 몸을 기울였다.

"미스 엘리노어는 자기 문을 굉장히 감싸고 돌거든. 문이란 다 변덕스러울 수 있으니까. 누군가를 통과시킬 때마다 그 아이에게 자리를 빼앗길 위험을 감수해야 하는데 그러기엔 엘리노어가 돌아갈 때를 기다린 지가 너무 오래야. 그런데 이제 와서 난센스에서 살 수 있는 학생 모두를 통과시켜 주겠다니. 그건 엘리노어가 겁먹었고, 우리를 돌보기 위해 할 수 있는 일은 뭐든 하겠다는 뜻이야." 케이드는 내내 소리 죽여 말했다. 주위 학생들은 알아차리지 못하는 것 같았다. 대부분 우느라 바빴다. 방 반대편에서는 질마저 쌍둥이를 지지대 삼아 기대어 울고 있었다. 잭만 눈물이 없었다. "문제는, 난센스는 가장 큰 두 가지 방향에 속한다는 거야. 잘해야 학생들 절반을 구할 수 있는데, 난센스 세계에 갔던 사람이라도 모든 난센스 세계에

다 맞지는 않아. 모든 세상이 다 너무 다르거든. 방금 엘리노어가 구해 주겠다고 한 애들 중에 4분의 1은 문을 통과하지도 못할 거야."

"아." 낸시는 조용히 반응했다. 아무리 좋은 의도에서 나온 제안이라고 해도 헛된 희망은 잔인하다는 사실을 알고 있었다. 엘리노어는 자신이 아는 유일한 방법으로 아끼는 학생들을 구하려고 했지만, 그 과정에서 그들에게 상처를 주고 말았다.

방 앞쪽에서 엘리노어가 떨리는 숨을 내뱉었다. "언제나 그랬듯이, 이 학교에 다니는 건 순전히 본인 뜻대로야. 누구든 부모님에게 연락해서 집에 데려가 달라고 하고 싶다면, 내가 이번 학기 남은 기간에 해당하는 학비를 환불해 줄 테고, 막을 생각도 없단다. 다만 남을 학생들을 위해서 왜 이 학교를 떠나고 싶어 하는지 말하지 않았으면 할 뿐이야. 우린 이 사태를 바로잡을 방법을 찾을 거야."

"아, 그래요?" 앤젤라가 신랄하게 물었다. "로리엘도 고쳐 줄 수 있어요?"

엘리노어는 얼굴을 돌렸다. "수업에 가렴." 그 목소리는 부드러웠고, 갑자기 늙은 느낌이었다. 그녀는 학생들이 일어나서 줄줄이 나가는 동안 그 자리에 서서 고개를 숙이고 있었다. 몇 명은 아직도 울었다. 그녀는 곧 난센스 세계 아이들을 찾아서 어깨를 두드리며 그녀의 문으로 데려갈 생각이었다. 분명히 몇 명은 통과할 수 있을 것이다. 그녀의 세상에 가까운 학생이 언제나 몇 명쯤은 있었다. 여전히 그들의 집은 아닐 테고, 그들이 꿈꾸던 바둑판 하늘이나 거울 바다는 아닐 테지만, 그래도… 그만하면 가까웠다. 그들이 행복해지고, 다시 살아 나갈 정도로는 가까웠다. 그리고 또 누가 알겠는가? 문은 어디에서나 열렸다. 어쩌면 언젠가는, 목숨을 구하기 위해 이 세상에서 그 세상으로 떠난 아이들이 그곳에서 벽에 딱 맞지 않는 문이라거나, 달로 만든 문고리나 윙크하는 노커가 달린 문을 보게 될지도 모른다. 그곳에서 집으로 갈 수 있을지도 모른다.

누군가의 손이 엘리노어의 어깨를 건드렸다. 뒤를 돌아보니 케이드가 걱정스러운 얼굴로 서 있었다. 의자들이 놓인 쪽을 흘긋 보았더니, 다시 한번 정지 상태가 된 낸시가 있었다. 상관없었다. 비밀을 드러내기를 꺼리기에는 이곳엔 비밀이 너무 많았다. 엘리노어는 다시 케이드를 돌아보고 그의 가슴에 얼굴을 묻으며 울었다.

"괜찮아요, 엘리 이모, 괜찮아요." 케이드는 한 손으로 그녀의 등을 쓸며 말했다. "우리가 답을 찾을 거예요."

"내 학생들이 죽고 있어, 케이드. 아이들이 죽고 있는데, 내가 안전한 곳으로 보낼 수 있는 아이들은 너무 적어. 너도 구할 수가 없어. 네가 문을 발견했을 때 나는…."

"알아요. 제가 논리적인 심장을 가졌다는 건 우리 모두에게 너무 안타까운 일이죠." 그는 계속 엘리노어의 등을 쓸었다. "괜찮을 거예요. 두고 봐요. 우리가 답을 알아내고 방법을 찾을 거고, 무슨 일이 있어도 문을 계속 열어 둘 거예요."

엘리노어는 한숨을 내쉬며 몸을 떼어 냈다. "넌 착한 아이야, 케이드. 너희 부모님은 자기들이 뭘 잃었는지 몰라."

그 말에 떠오른 케이드의 미소는 슬펐다. "그게 문제예요, 이모. 그분들은 정확히 뭘 잃었는지 알아요. 자기네 딸을 다시 찾을 수가 없으니 절 어떻게 해야 할지 모르는 거예요."

"바보 같기는." 엘리노어가 말했다. "이제 수업에 가렴."

"갑니다." 케이드는 그렇게 말하고 문 쪽으로 걸어갔

다. 낸시는 조각상 같은 정지 상태를 떨쳐 내고 그 뒤를 따라갔다.

그리고 복도를 반쯤 걸어갈 때까지 기다렸다가 말했다.

"엘리노어가 너의…?"

"이모 할머니의 할머니의 할머니쯤 돼." 케이드가 말했다. "엘리노어는 결혼하지도 자식을 두지도 않았어. 반면에 엘리노어의 여동생에겐 자식이 여섯 있었지. 내 외고조할머니에겐 돌봐 줄 남편이 있었기 때문에 부동산은 다 엘리노어가 상속했어. 그리고 친척 중에서 문을 찾은 아이는 내가 처음이야. 엘리가 내가 난센스 세계를 여행했다고 생각하면서 어찌나 기뻐하던지. 그건 잘못된 분류였고 난 순수한 로직 세계에 갔다는 사실을 밝히는 데 한 달쯤 걸렸지 뭐야. 그래도 엘리는 날 사랑해. 언젠가는 이 모든 것이…" 케이드는 사방 벽을 가리켰다. "내 것이 될 거고, 학교는 수십 년 더 열려 있을 거야. 다음 주에 닫히지만 않는다면."

"학교는 닫히지 않을 거야." 낸시가 말했다. "우리가 답을 알아낼 거야."

"경찰이 끼어들기 전에?"

냰시는 그 질문에 답할 수가 없었다.

수업은 형식적이었고 다들 정신이 다른 데 팔려 있었다. 런디 빼고는 이유를 모르는 교사들도 캠퍼스가 어수선하다는 정도는 느낄 수 있었다. 저녁 식사도 똑같이 급한 티가 났다. 소고기는 너무 익힌 데다 말라 있었고, 내놓은 과일은 껍질 조각이 붙어 있을 정도로 대충 잘려 있었다. 학생들은 친구들과 같이 자기로 하고 즉석에서 세 명, 네 명씩 흩어졌다. 낸시는 케이드와 크리스토퍼가 슬리핑백을 안고 문 앞에 나타나서 누가 스미의 침대를 쓸지를 두고 동전을 던져도 눈 하나 깜박하지 않았다. 동전 던지기에서는 케이드가 이겨서 매트리스 위에 자리를 잡았고, 크리스토퍼는 바닥에 침낭을 깔았다. 셋 다 눈을 감고 자는 척했다. 낸시는 자정이 조금 넘었을 때쯤 자는 척에서 실제 잠으로 넘어갔다.

낸시는 유령들, 그리고 망자가 평화롭게 걸어 다니는 조용한 전당을 꿈꿨다.

크리스토퍼는 오팔처럼 반짝이며 춤을 추는 해골들과, 언제까지나 변하지 않고 반겨 주는 해골 소녀의 미소를 꿈꿨다.

케이드는 무지개의 모든 빛깔이, 하나의 프리즘 전체가 산산이 부서져서 천 조각의 빛이 된 세상을 꿈꿨다. 그는 집에 돌아가서 그들이 원하는 모습이 아니라 있는 그대로의 자신으로 환영받는 꿈도 꾸었는데, 셋 중에서 베개에 눈물을 흘리다가 비명을 듣고 빰이 젖은 채로 깨어난 사람도 그였다.

멀리서, 창밖 어딘가에서 날아온 소리였다. 낸시와 크리스토퍼는 아직 잠든 채였는데, 이해가 가는 일이었다. 그들은 여기보다 비명이 더 흔하고 덜 위험한 세상에서 왔으니까. 케이드는 잠에 취한 눈을 비비며 일어나 앉아서 비명이 다시 들리나 기다렸다. 다시 들리지는 않았다. 그는 망설였다.

두 사람을 깨워서 같이 조사하러 가야 할까? 낸시는 이미 또래 학생들 대부분에게 의심의 눈길을 받고 있었고, 크리스토퍼도 계속 얽히다간 그렇게 될 터였다. 케이드 혼자 갈 수도 있었다. 대부분의 학생들이 그를 좋아했는데, 옷장을 정리하는 사람이기 때문이었다. 케이드라면 시체를 또 발견한다 해도 다들 용서할 것이다. 하지만 그러면 케이드가 혼자 있게 될 테고, 돌아오기 전에 낸시나 크리스토퍼가 깬다면 걱정할 게 분명했다. 걱정시키고 싶지 않았다.

케이드는 무릎을 꿇고 크리스토퍼의 어깨를 흔들었다. 크리스토퍼는 끙 소리를 내다가 눈을 뜨고 실눈으로 케이드를 올려다보았다. "뭐야?" 그는 잠에 취한 목소리로 물었다.

"방금 숲 근처에서 누가 비명을 질렀어." 케이드가 말했다. "가서 무슨 일인지 봐야 해."

크리스토퍼는 듣자마자 정신이 든 듯 일어나 앉았다. "낸시도 데려가?"

"응." 낸시가 침대를 빠져나오면서 말했다. 그녀가 비명에는 깨지 않을지 몰라도, 말소리에는 깨어났다. 망자의 전당에서 누가 말을 한다면 들으라고 하는 말이었다. "나 혼자 여기 남긴 싫어."

둘 다 반대하지 않았다. 다들 유령을 이해할 수 없는 세상에서 갑자기 유령의 집이 된 곳에 혼자 남는 것을 두려워했다.

다들 조용히 걸었지만, 살금살금 걷는다고 할 정도는

아니었다. 셋 다 속으로는 누군가 깨어나 방 밖으로 나와서 이 작은 무리에 합류했으면 좋겠다고 생각했다. 그러나 방문은 다 닫혀 있었고, 세 사람만 낸시와 질이 무자비한 태양으로부터 피신하려고 찾았던 그늘진 숲을 향해 걸어갔다. 지금은 햇빛이 없었다. 달빛만이 구름 사이로 그들을 내려다볼 뿐이었다.

그러다가 숲속에 발을 들이자, 달빛마저도 감당하기가 힘들어졌다. 달빛만으로도 소리 없이 바닥에 누워 크게 뜬 눈으로 잎사귀를 올려다보고 있는, 자그마한 런디의 모습이 잘 보였기 때문이다. 런디는 눈도, 손도 고스란히 있었고 다른 곳도 마찬가지 같았다. 옷에 피도 묻지 않았고, 팔다리도 온전했다.

"런디." 케이드가 다가가서 옆에 무릎을 꿇고 맥박을 재려고 손을 뻗었다. 그 움직임에 런디의 머리가 옆으로 돌아가면서 무엇을 빼앗겼는지 드러냈다.

케이드가 허둥지둥 일어나서 공터 반대쪽으로 뛰어가더니 덤불에 대고 요란하게 토했다. 피를 덜 꺼리는 낸시와 크리스토퍼는 런디의 머리뼈에 남은 빈 부분을 보면서 서로에게 조금 다가섰고, 따뜻한 밤인데도 몸을 떨었다.

"왜 뇌를 가져간 거지?" 낸시가 물었다.

"나도 너한테 같은 질문을 하려고 했어." 앤젤라가 으르렁거렸다.

낸시와 크리스토퍼는 몸을 돌렸다. 앤젤라가 숲 가장자리에 서서 손전등을 들고 있었고, 그 뒤에는 어둠에 싸인 다른 학생이 몇 명 있었다. 앤젤라는 낸시의 눈에 불빛을 똑바로 비추면서 물었다. "세라피나는 어디 있어?"

"세라피나가 누구야?" 낸시는 한 손을 들어 눈을 가리면서 되물었다. 발소리가 들리더니 케이드의 손이 어깨에 내려앉았다. 낸시는 케이드의 보호를 받아들이고 반 발자국 물러섰다. "우리가 여기 나온 건 비명을 들어서야."

"너희가 여기 나온 건 시체를 숨기기 위해서야." 앤젤라가 쏘아붙였다. "세라피나 어딨어?"

"세라피나는 학교에서 제일 예쁜 여자애야, 낸시. 너도 본 적 있어. 난센스 세계로 여행했는데, 고도로 사악하고 고도로 시적인 곳이었지." 케이드가 말했다. "햇살처럼 예쁘고, 독사처럼 못됐어. 걘 여기 없어, 앤젤라." 케이드의 오클라호마 억양이 갑자기 강해졌다. "네 방으로 돌아가.

난 엘리노어 선생님을 깨우러 가야 해. 엘리가 자기 문으로 세라피나를 들여보내 줬을 가능성이 높아."

"그게 아니라면 세라피나를 돌려주는 게 좋을 거야." 앤젤라가 말했다. "걜 해쳤다면 내가 널 죽여 버리겠어."

"우리에겐 없어." 크리스토퍼가 말했다. "우린 5분 전까지만 해도 자고 있었다고."

"거기 너랑 같이 온 건 누군데?" 케이드가 물었다. "그냥 비난할 사람을 찾아서 캠퍼스를 쏘다니고 있었던 거야? 여기 나와 있기는 너희나 우리나 마찬가지야. 이것도 네가 한 일일 수도 있지."

"우린 부끄럽지 않은 훌륭한 세상에 갔어." 앤젤라가 말했다. "달빛과 무지개와 유니콘의 눈물이 있는 곳이었다고. 그런… 그런 해골이나 죽은 사람들이 있고 사실은 여자애인 주제에 남자애가 되겠다고 마음먹는 그런 데가 아니라!"

숲에 갑자기 정적이 내려앉았다. 앤젤라를 따르는 애들마저도 그 말에 충격받은 눈치였다. 앤젤라도 창백해졌다.

"진심은 아니었어." 앤젤라가 말했다.

"아, 하지만 난 진심이었다고 느껴지는구나." 엘리노어였다. 그녀는 앤젤라와 다른 아이들 주위를 돌아서 천천히 흙바닥에 누운 런디에게 걸어갔다. 지팡이를 짚고 있었다. 새로운 변화였고, 뺨에 팬 주름도 그랬다. 엘리노어는 매일 늙어 가는 것 같았다. "아, 우리 가엾은 런디. 이쪽이 네가 예상하던 죽음보다는 친절할 수도 있겠지만, 그렇다 해도 네가 떠나지 않았다면 더 좋았을 것을."

"선생님…." 케이드가 입을 열었다.

"모두 다 방으로 돌아가거라." 엘리노어가 말했다. "앤젤라, 아침에 이야기하자. 일단은 한데 모여서 이 밤을 살아남도록 하렴." 그녀는 두 손을 다 지팡이에 얹고 그 자리에 서서 런디의 시체를 내려다보았다. "가엾은 것."

"하지만–"

"난 여전히 이 학교의 교장이야. 내가 죽기 전까지는." 엘리노어가 말했다. "가거라."

학생들은 그 자리를 떠났다.

세 사람의 작은 무리는 한데 뭉친 채로 현관 계단에 도착했다. 그때 앤젤라가 케이드에게 말했다. "내가 한 말은 진심이었어. 다른 존재인 척하는 거 구역질 나."

"나도 너한테 똑같은 말을 하려고 했는데." 크리스토퍼가 말했다. "넌 언제나 괜찮은 인간인 척을 아주 잘했잖아. 나도 깜박 속았다."

앤젤라는 입을 딱 벌리고 크리스토퍼를 보더니, 몸을 돌려 친구들을 거느리고 쿵쾅거리며 계단을 올라갔다.

낸시가 케이드를 돌아보자, 그는 고개를 저었다.

"괜찮아. 다시 잠이나 자러 가자."

"나로서는 안 그래 주면 더 좋겠는걸." 잭이 말했다.

세 사람은 몸을 돌렸다. 평소에는 늘 단정한 미친 과학자가 집 모퉁이에 서 있었다. 그녀는 피에 흠뻑 젖어서 오른손으로 왼쪽 어깨를 누르고 있었다. 손가락 사이로 흐르는 피가 어스름 속에서도 보일 정도로 선명했다. 타이는 풀려 있었다. 어째서인지 그 부분이 최악이었다.

"도움이 필요한 것 같아." 잭은 그렇게 말하더니 의식을 잃고 앞으로 쓰러졌다.

돌처럼

가만히 있을 것

케이드와 크리스토퍼가 책을 들어 올렸다. 케이드와 크리스토퍼가 책을 들고 가는 동안, 낸시는 잠시 잊힌 채 현관 그늘 속에 얼어붙은 듯이 서 있었다. 원칙적으로는 지금 서둘러 따라가야 한다는 것을 알고 있었다. 무슨 일이든 일어날 수 있는 이곳에 혼자 서 있으면 안 된다는 사실도 알았다. 그러나 그런 행동은 성급하고 위험하게 여겨졌다. 정지 상태가 더 안전했다. 정지 상태는 이전에도 낸시를 구해 줬고, 지금도 구해 줄 터였다.

그녀는 밝은 빛 속에서 석류 주스가 얼마나 핏자국과 비슷해 보일 수 있는지 잊고 지냈다.

그게 얼마나 아름다운지도 잊고 있었다.

지금은 그랬다. 가만히, 너무나 가만히 정지해 있다 보니 배경과 하나가 될 정도였고, 심장 박동이 느려지는 느낌이 들 정도였다. 다섯 번 뛰던 심장이 네 번 뛰고, 세 번 뛰다가 마침내는 1분에 한 번 뛸 정도로 느려졌다. 숨도 거의 쉬지 않을 정도가 되었다. 잭의 말이 옳은지도 몰랐다. 낸시는 정지 능력을 초자연적으로 연마했는지도 몰랐다. 특별하게 느껴지지는 않았다. 다만 이것이 옳다고 느껴졌다. 언제나, 늘 이랬어야 하는 것처럼 느껴졌다.

부모님은 낸시가 충분히 먹지 않는다고 걱정했다. 그건 낸시가 뜨겁고 빠른 존재처럼 움직일 때나 정말로 걱정할 문제인데도 그 점을 이해하지 못했다. 그녀는 여기에, 그들의 뜨겁고 빠른 세상에 남지 않을 것이다. 그러지 않을 것이다. 그리고 몸을 이렇게 느리게 만들면, 이렇게 정지하면 이미 먹은 것 이상을 먹을 필요가 없었다. 주스 한 숟가락, 케이크 부스러기 하나로도 한 세기를 살면서 스스로의 영양 상태가 좋다고 생각할 수 있었다. 낸시에겐 섭식 장애가 없었다. 그녀는 자신에게 무엇이 필요한지 알았고, 그녀에게 필요한 건 가만히 정지해 있는 거였다.

낸시는 정지 상태에 더 깊이 빠져들면서 심장 박동이 1분 동안 멈추고, 나머지 몸과 마찬가지로 움직이지 않게 되는 것을 느꼈다. 석류씨가 석류 속에 안전하게 자리 잡았을 때와 비슷했다. 그녀가 다시 한번 숨을 쉬고, 심장이 다시 한번 뛰게 해 주려고 준비하고 있을 때 누군가가 집 모퉁이를 돌아서 걸어왔다. 이보다 더는 정지할 수 없다고 생각했던 낸시는 그 순간에 그 생각이 틀렸음을 증명했다. 그 순간에 낸시는 돌처럼 정지했을 뿐만 아니라 돌처럼 대수롭지 않은 존재였다.

질이 현관 앞을 지나쳐 걸어갔다. 두 손에는 핏자국이 있었고 양산을 한쪽 어깨에 걸쳐서 감히 그녀의 피부를 어루만지려 드는 빗나간 달빛을 모조리 막고 있었다. 입가에는 냅킨으로 미처 닦지 못한 잼처럼 피 한 방울이 맺혀 있었다. 낸시가 움직임 없이 지켜보는 동안, 질은 작은 분홍빛 혀를 날름 내밀어서 그 피를 핥았다. 질은 계속 걸어갔다. 낸시는 움직이지 않았다.

'제발.' 낸시는 생각했다. '제발, 망자의 군주여, 제 심장이 뛰지 않게 해 주세요. 제발 제가 눈에 띄지 않게 해 주세요.'

낸시의 심장은 뛰지 않았다.

질은 집 반대쪽 모퉁이를 돌아서 사라졌다.

낸시는 숨을 들이마셨다. 산소가 침범하자 폐가 아렸

다. 심장은 정지해 있다가 1초도 안 되는 시간 만에 질주하느라 쿵쾅거리면서 항의했다. 몇 초가 더 지나서야 피가 몸 안을 다시 돌았고, 낸시는 그제야 몸을 빙글 돌려서 집으로 달려 들어갔다. 바닥에 남은 핏방울을 따라가다가 이제까지는 보이지 않았던 부엌에 도착해서 문을 쾅 열고 들어갔다.

손에 고기 칼을 든 케이드가 몸을 빙글 돌렸다. 크리스토퍼가 엘리노어 앞에 나섰다. 잭은 방 한가운데 놓인 대형 도마 위에 움직임 없이 누워 있었는데, 셔츠가 잘려 나갔고 팔에 찔린 상처에는 임시 붕대가 감겨 있었다.

"낸시?" 케이드가 칼을 내렸다. "무슨 일이야?"

"내가 봤어." 낸시는 헐떡였다. "내가 질을 봤어. 질이 한 짓이야."

"그래." 잭이 힘없이 말했다. "질이었어."

넌 결코

집에 갈 수 없어

잭은 눈을 뜨고 천장만 보고 있었다. 그러더니 천천히 멀쩡한 팔을 짚고 몸을 일으켰다. 크리스토퍼가 부축하려는 듯이 나서자 그녀는 손을 내저으며 짜증을 담아 중얼거렸다. "난 다쳤을 뿐이지, 병약자가 아니야. 어떤 일은 내가 직접 해야만 해." 크리스토퍼는 물러났다. 잭은 겨우 일어나 앉아서 고개를 숙인 채 잠시 그 자세로 숨을 고르려 했다.

아무도 움직이지 않았다. 마침내 잭이 말했다. "내가 진작 알았어야 해. 어떻게 보면 이미 알면서도 받아들이기가 싫어서, 전력을 다해서 거부했는지도 모르겠어. 질은 우리가 무어스를 떠나야 했던 게 내 탓이라고, 내가 블리크 박사님과 하던 일이 마을 사람들의 분노를 불러서라고 하지. 그건 사실이 아니야. 블리크 박사님과 나는 아무도 죽이지 않았어. 적어도 일부러 죽인 적은 없지. 그리고 마을 사람들 대부분은 죽으면서 시체를 우리에게 남겼어. 우리가 그 시체를 이용해서 다른 사람들을 살릴 수 있다는 걸 알았기 때문이지. 우리는 *의사*였어. 괴물의 소중한 아이가 된 건 질이야. 그놈처럼, 되고, 싶어 한 것도 질이었어."

"잭…." 케이드가 조심스럽게 말했다.

달빛 속에서 잼처럼 반짝이던 핏방울을 기억한 낸시는 아무 말도 하지 않았다.

"질이 조금만 더 똑똑했다면 아름다운 괴물이 됐을 거야." 잭이 조용히 말했다. "그럴 욕구가 있었던 건 분명해. 아마 결국에는 좀 더 교묘하게 행동하는 방법도 익혔을 거야. 하지만 질은 그 방법을 빨리 익히지 못했고, 사람들은 질이 한 짓을 알아내자 횃불을 들고 행진해 왔어. 블리크 박사님은 질이 결코 용서받지 못하리라는 걸 알았어. 그래서 질을 마취시키고, 문을 열어서 던져 넣었지. 난 질을 혼자 보낼 수 없었어. 내 쌍둥이 동생이잖아. 단지 난 이게 얼마나 힘든 일이 될지를 몰랐어."

"얘야, 무슨 말을 하는 거니?" 엘리노어가 물었다.

질이 마스터에 대해 말하면서 짓던 미소를 기억하고, 질이 그 마스터를 기쁘게 하기 위해서라면 어디까지 할 수 있는지 기억하는 낸시는 아무 말도 하지 않았다.

"내 동생이야." 잭은 또래에게 말하는 쪽이 더 수월하다는 듯, 엘리노어가 아니라 케이드를 보고 말했다. "질이 다 죽였어. 열쇠를 만들려는 거야. 우리가 막아야 해." 잭은 대형 도마에서 미끄러져 내려왔고, 발이 바닥을 딛는 충격이 아픈 팔까지 울렸을 때만 살짝 얼굴을 찡그렸다. "세라피나는 아직 살아 있어."

"그래서 로리엘이 네가 아니라 네 옆을 가리킨 거구나." 크리스토퍼가 말했다.

잭은 고개를 끄덕였다. "나는 로리엘을 죽이지 않았고, 로리엘도 그걸 아니까. 질이 죽였지."

"밖에서 질을 봤어." 낸시가 말했다. "서두를 필요 없다는 듯이 걷고 있었어. 어디로 갔을까?"

"지하실에서 날 찌르긴 했지만, 다락방으로 갈 거야." 잭이 얼굴을 찡그렸다. "채광창 때문에… 폭풍이 불 때는 더 쉽거든. 난 막으려고 했어. 막아 보려고."

"괜찮아." 케이드가 말했다. "이제부턴 우리가 맡을게."

"나 없이는 못 가." 잭이 말했다. "갠 내 동생이야."

"따라올 수 있겠어?"

잭의 미소는 희미하고 긴장감이 어려 있었다. "어디 한 번 막아 봐."

케이드는 묻는 표정으로 엘리노어를 흘긋 보았다. 엘리노어는 눈을 감았다.

"잭은 따라갈 수 있지만, 나는 못 가겠구나. 나에게 돌아올 거란 자신이 없다면 가지 말아라."

그들은 갔다.

네 학생은 화가 나서 빠르게 저택 안을 달렸다. 잭은 흘린 피에 비해 놀라울 정도로 잘 뛰었다. 낸시가 맨 끝이었다. 빨리 달리기란 정지 상태와 정반대였다. 그래도 그녀는 최선을 다했고, 넷 다 거의 비슷한 시각에 다락방 문 앞에 도착했다. 케이드가 문을 쾅 열어젖혔다.

질은 손에 칼을 들고 책의 바다 안에 서 있었다. 깨끗하게 치워 놓은 테이블 위에는 세라피나가, 세상에서 제일 아름다운 여자애가 무시무시한 물건이 하나씩 든 유리병들과 함께 누워 있었다. 문이 열리자 질이 고개를 들더니 한숨을 내쉬었다. "꺼져." 그녀는 짜증을 내면서 말했다. "

이건 섬세한 작업이야. 너 상대할 시간 없어."

케이드가 두 손을 앞에 내밀고 제일 먼저 방 안으로 들어갔다. "너도 이러고 싶진 않을 거야."

"내 생각은 다른데." 질이 받아쳤다. "넌 날 몰라. 너희들 중 누구도 날 몰라. 심지어 잭조차도." 그녀는 턱짓으로 잭을 가리켰다. "난 집에 갈 거야. 마스터에게 돌아갈 거야. 방법은 알아냈어. 아무도 날 막을 수 없어. 너희가 막는다면 다들 괜히 죽은 셈이 될 테고, 난 그냥 처음부터 다시 할 거야. 난 마스터키를 만들 거니까."

세라피나는 재갈을 문 채로 낑낑거리면서 빠져나갈 길을 찾아 눈을 마구 굴렸다. 아직 빠져나갈 방법은 보이지 않았다.

"집으로 가는 문이 잠긴 데엔 이유가 있어." 잭이 말했다. "넌 그 문제를 해결할 수 없어."

"하지만 할 수 있거든, 사랑하는 언니. 난 할 수 있어." 질이 말했다. "여기 있는 모두에게 특별한 데가 있지. 문을 부르는 뭔가가 있어. 난 완벽한 여자애를 만들고 있어. 모든 것을 다 가진 소녀를. 제일 영리하고, 제일 예쁘고, 제일 빠르고, 제일 힘센 소녀. 그 소녀를 위해서라면 어떤 문이든 열릴 거야. 어떤 세상이든 그 소녀를 원할 거야. 그리고 무어스에 도착한 후에 내가 그 소녀를 죽이면, 난 그곳에 영원히 머물 수 있어. 난 그저 집에 가고 싶을 뿐이야. 분명히 너희도 그 심정은 알 텐데."

"우리 모두 알아." 크리스토퍼가 말했다. "그래도 이런 방법은 아니야."

"다른 방법이 없어." 질이 말했다.

"죽은 사람은 도구가 아니야." 낸시가 두 손을 옆으로 늘어뜨린 채 케이드 옆을 지나서 앞으로 나섰다. "부탁이야. 네가 망자들을 아프게 만들고 있어. 네가 마스터키를 갖고 싶다는 이유 때문에, 그 사람들을 중요하게 만들어 주는 요소를 훔치고 있잖아. 하지만 네가 그것들을 돌려주지 않으면 그 사람들은 내세로 갈 수가 없어." 낸시도 정말 그런지 알지는 못했지만, 너무나 옳은 말 같았기에 의문을 품지 않았다. "어째서 너의 행복한 결말만 중요하지?"

"그야 행복을 거머쥘 의지가 있는 사람은 나뿐이니까." 질이 쏘아붙였다. "물러서. 안 그러면 앤 죽을 거고, 내가 모두에게 네가 한 짓이라고 말할 거야. 애들이 누굴 믿겠어? 순진한 여자애, 아니면 유령들과 대화하는 여자애? 심지어 널 지지하는 애들도 기괴하지. 난 한 점 비난도 받지 않을 거야, 어디 두고 봐."

질의 시선은 낸시에게 고정되어 있었다. 다른 사람들과 떨어져서 다락방 벽을 따라 천천히 돌고 있는 잭은 보지 못했다. 크리스토퍼와 케이드는 말이 없었다.

"너도 이게 잘못된 일인 줄 알잖아, 질." 낸시는 말했다. "죽은 사람들이 너에게 화가 났다는 거 알지."

잭은 계속해서 천천히, 조심스럽게, 조용히 움직였다. 그러다가 가위를 집어 들었다.

"죽은 사람 따윈 신경 안 써. *집에* 가는 것만이 중요해. 마스터가 중요해. 난 나만 신경 쓸 테니까, 나머지 너희들은 얼마든지 – " 말이 뚝 끊기더니 질이 작게 목이 졸리는 소리를 냈다. 그녀는 레이스 달린 실내복 앞섶에 번져 나가는 피를 내려다보았다. 그러더니 우아하게 쓰러지면서 등에 튀어나온 가위를 드러냈다.

잭은 쓰러진 자매를 잠시 동안 내려다보았다. 고개를 들고 다른 사람들을 보았을 때 그 눈은 말라 있었다. "미안해." 잭이 말했다. "내가 더 빨리 알았어야 하는데. 내가 예상했어야 하는데, 못했어. 미안하다."

"네 손으로 자매를 죽이다니." 낸시는 어리둥절했다. "꼭 그래야 했…?"

"살인 사건 재판은 정말 지저분해. 그렇지? 그리고 요령만 알면 죽음은 영원하지 않아. 블리크 박사님이 문을 잠근 대상은 질이지, 내가 아니야. 난 언제든 환영받으면서 돌아갈 수 있었어. 질을 버릴 마음만 있었다면… 아니면 질을 바꿀 생각만 있었다면. 이젠 질의 마스터도 질을 원하지 않을 거야. 한 번 죽었다가 부활하면 뱀파이어가 될 수 없거든." 잭은 허리를 숙이고 질의 등에 꽂힌 가위를 뽑았다. 가위 날에서 붉은 피가 떨어졌다. 잭은 그 피가 손가락을 적시자 얼굴을 찌푸렸다. "너희만 양해해 준다면, 우린 가야 해. 할 일이 너무 많은데, 부활은 빨리 실시해야 더 잘되거든. 난 질을 데려갈 수 있어. 질은 여전히 내 동생일 거야."

잭은 피 묻은 가위로 허공을 내리그었다. 가위가 그은 곳에 선이 생기더니, 잭 옆에 사각형의 문이 생겨서 바람 부는 어두운 들판을 비췄다. 멀리 성이 하나 있었고, 발치에는 마을이 있었다. 잭의 얼굴이 부드러워지더니, 이루

말할 수 없는 갈망이 번졌다.

“집이야.” 잭은 나직이 말했다. 그녀는 몸을 굽혀 질의 몸 아래 팔을 밀어 넣더니 －그러면서 왼쪽 어깨의 상처가 터져서 살짝 신음하기도 했다－ 공주님 안기로 쌍둥이의 시체를 안아 들었다. 그리고 문 안으로 걸어 들어갔다. 뒤돌아보지도 않았다.

다들 마지막으로 본 두 자매의 모습은, 광활한 텅 빈 들판을 배경으로 저 멀리 작아진 채 성에 켜진 불빛을 향해 어둠 속을 걸어가는 잭의 뒷모습이었다. 이윽고 사각형은 사라지고, 다락방에는 다시 그들만 남았다.

세라피나가 재갈을 문 채로 훌쩍였다. 시간이 다시 흐르기 시작했다.

시간에겐 그럴 방법이 있었다.

그리고

모두가 살았다

책의 도움이 없으니, 런디의 시체를 처리하기는 더 어려웠다. 크리스토퍼와 낸시 말고는 아무도 지하실에 들어가고 싶어 하지 않았고, 두 사람도 런디를 안전하게 녹일 만큼 화학약품에 대해 잘 알지를 못했다. 결국 런디는 살해당한 숲속에, 나무뿌리 사이 깊숙한 곳에 묻혔다. 스미의 두 손과 로리엘의 두 눈도 같이 묻혔다. 경찰이 스미의 살인범을 찾으려고 가짜 단서를 몇 개 뒤쫓기는 했지만, 결국에는 흔적이 사라졌음을 인정했고 사건은 종결됐다.

엘리노어는 천천히 활력을 되찾았다. 아직 지팡이를 짚고 걷기는 했지만, 오른팔이자 친한 친구였던 여성 없이도 학교를 운영할 만큼은 튼튼했다. 런디가 남긴 빈자리를 메우기 위해서는 케이드가 나섰다. 언젠가는 여기가 케이드의 학교가 될 테고, 케이드가 잘 꾸려 나가리라는 사실이 갈수록 분명해졌다. 엘리노어의 유산은 보호받을 것이다. 언제나 그래야 했듯이.

냰시는 철저히 청소한 후에 지하실로 방을 옮겼다. 세라피나가 구출된 날의 이야기를 여러 번 되풀이해 준 덕분에 다른 학생들은 이제 죽은 사람들을 두고 낸시나 친구들을 비난하지 않았다. 서로 친구가 되지는 않았어도, 최소한 적은 아니었다.

나머지 학기는 꿈처럼 지나갔다. 낸시가 집에 가려고 가방을 싸다가 계단에서 나는 발소리에 몸을 돌려 보니, 케이드가 눈에 익은 꽃무늬 가방을 들고 서 있었다.

"안녕." 케이드가 말했다.

"안녕." 낸시가 대꾸했다.

"방학 동안 집에 간다고 들었어."

낸시는 고개를 끄덕였다. "부모님이 고집을 부렸어." 부모님은 전화로 빌며 간청을 했고, 그 말들을 들으면 들을수록 혹시라도 이 학교에서 그녀를 빼낼 빌미를 줘선 안 된다는 결심이 굳어졌다. 그녀도 이 밝고 다채로우며 빠른 곳에 머물고 싶지는 않았지만, 그녀를 전혀 이해하지 못하는 부모님과 함께 보내는 하루보다는 학교에서 보내는 천 일이 더 나았다.

심지어는 다시 부모님을 본다는 생각에 신이 나지조차 않았다. 망자들과 함께 살던 때에는 가족이 뭘 하고 있을지, 그녀를 보고 싶어 하기는 할지 궁금해하기도 했었다. 이제는 과연 가족이 그녀를 놓아주기는 할지만 궁금했다.

"이걸 가져가고 싶을지도 모른다고 생각했어." 케이드가 가방을 내밀었다. "그분들이 우리가 너의 기괴한 성향을 부추긴다고 생각하면 곤란하잖아."

"정말 친절하구나." 낸시는 가방을 받으러 걸어가면서 미소지었다. "넌 나 없이도 괜찮겠어?"

"아, 언제나 괜찮지. 크리스토퍼와 난 망자와 연결된 세상들을 그리는 새 지도를 만들고 있어. 어쩌면 '비투스(Vitus; 라틴어로 '삶, 생기'란 뜻 – 옮긴이 주)'와 '모르티스(Mortis; 라틴어로 '죽음 이후'란 뜻 – 옮긴이 주)'가 하위 방향일지도 모른다는 생각이 들어. 그렇게 생각하면 몇 가지는 설명이 되지."

"너희들의 작업을 기대할게." 낸시는 엄숙하게 말했다.

"좋아." 케이드는 몇 계단을 올라갔다. "방학 잘 보내, 알았지?"

"그럴게." 낸시는 케이드가 멀어지는 모습을 지켜보았다. 그리고 케이드의 등 뒤로 문이 닫히자, 눈을 감고 몇 초 동안 정지 상태로 생각을 집중했다.

그러니까 이게 세상이었다. 여기가 그녀의 출신지였고, 이 세상에서는 가장 그녀가 속한 곳에 가까웠다. 그녀는 졸업할 때까지 여기 있다가, 그 후에도 여기에서 지낼 수 있었다. 엘리노어가 난센스 세계 혹은 무덤으로 떠나고 나면, 그녀가 케이드의 런디가 될 것이다. 케이드 옆에서서 학교 운영을 도울 수 있을 것이다. 낸시는 학생들에게 남은 미래가 종신형처럼 들리지 않게 말해 주는 일이라면 자신이 더 잘하리라 생각했다. 꼭 그래야만 한다면, 여기에서 행복해지는 방법을 배울 수도 있었다. 하지만 그 행복이 완전하지는 않으리라. 그건 지나친 요구였다.

그녀는 눈을 뜨고 손에 들린 여행 가방을 보다가 걸어가서, 지금은 하얀 천을 씌워 놓은 잭의 예전 부검대에 올렸다. 걸쇠를 누르자 살짝 반항하다가 열리더니, 몇 달 전에 부모님이 싸 준 뒤죽박죽의 밝은색 옷들이 드러났다.

그런데 뒤엉킨 블라우스와 스커트와 속옷 위에 봉투가 하나 있었다. 낸시는 조심스럽게 봉투를 집어 열고, 안에

든 종이를 꺼냈다.

> 넌 누구의 무지개도 아니야.
> 넌 누구의 공주도 아니야.
> 넌 너 아닌 그 누구의 문도 아니고,
> 네 이야기가 어떻게 끝날지 말해 줄 사람은 오직 너뿐이야.

스미의 서명은 없었고, 크고 비뚤배뚤하게 종이 절반에 휘갈겨 쓴 편지였다.

낸시는 소리 내어 웃었고, 그 소리는 흐느낌과 비슷해졌다. 스미는 분명 이 말을 첫날에 썼을 것이다. 낸시가 감당할 수 없을 경우에 대비해서. 낸시가 확신을 조금씩 잃고, 잊으려고 할 경우에 대비해서.

'*나 말고는 아무도 내 이야기가 어떻게 끝날지 말해 줄 수 없어.*' 낸시는 생각했고, 큰 소리로 말하자 그 내용은 더욱 진실이 되었다. "나 말고는 아무도 내 이야기가 어떻게 끝날지 말해 줄 수 없어."

방 안의 공기가 일렁이는 것 같았다.

냅시는 편지를 손에 쥔 채 몸을 돌렸다. 계단이 사라지고 없었다. 그 자리에는 단단한 참나무로 만든, 너무나 친숙한 문이 있었다. 그녀는 꿈꾸듯이 느릿느릿 그 문으로 걸어갔다. 손에서 떨어진 스미의 편지가 허공을 떠돌다가 바닥에 내려앉았다.

처음에는 문고리가 돌아가지 않았다. 냅시가 다시 눈을 감고 최대한 희망을 불어넣자, 문고리가 움직이는 것이 느껴졌다. 이번엔 눈을 뜨고 문고리를 돌리자 문이 활짝 열렸고, 그녀는 석류나무 숲을 바라보고 있었다.

공기는 너무나 달콤한 냄새를 풍겼고, 하늘은 다이아몬드 별들이 반짝거리는 검은 벨벳이었다. 냅시는 떨면서 문을 통과했다. 이슬이 내려 촉촉한 풀이 발목을 간지럽혔다. 그녀는 몸을 굽혀 신발 끈을 풀고, 그대로 벗어버렸다. 발가락에 이슬을 묻히면서 손을 뻗어 제일 가까운 나뭇가지에 달린 석류를 땄다. 어찌나 잘 익었는지, 중간이 쫙 벌어지면서 루비 같은 석류씨가 조르르 모습을 드러냈다.

입술에 닿는 석류즙이 쌉쌀했다. 천상의 맛이었다.

냅시는 뒤도 돌아보지 않고 석류나무 사잇길을 걷기

시작했다. 문은 낸시가 뛰기 한참 전에 사라졌다. 이제는 필요치 않은 문이었다. 열쇠 구멍을 찾은 열쇠처럼, 낸시는 마침내 집에 있었다.

문 너머의 세계들

1판 1쇄 인쇄	2023년 6월 5일
1판 1쇄 발행	2023년 6월 20일
지은이	섀넌 맥과이어
옮긴이	이수현
발행인	황민호
본부장	박정훈
책임편집	김순란
기획편집	강경양 김사라
마케팅	조안나 이유진 이나경
국제판권	이주은 한진아
제작	최택순
발행처	대원씨아이㈜
주소	서울특별시 용산구 한강대로15길 9-12
전화	(02)2071-2017
팩스	(02)749-2105
등록	제3-563호
등록일자	1992년 5월 11일
ISBN	979-11-7062-404-2 (04840) 979-11-7062-403-5 (세트)